AF571467

Carnets posthumes d'Henri de Marsay

Du même auteur

Talleyrand-Delacroix. Correspondances (1822-1838), préface de Jean Tulard, Paris, SPM, 2014.

Illustration de couverture :

« Portraiturer une figure comme celle d'Henri de Marsay est très satisfaisant pour un peintre puisque ce personnage donne la possibilité de représenter une sorte de Don Juan à l'envers, de Don Juan politique plutôt, qui toujours séduit, souvent surprend, effraie parfois. »

Eduardo Arroyo

Carnets posthumes d'Henri de Marsay

Dandy - Condottiere - Premier ministre

Suivis de ses

Maximes pour lui-même

Préface
d'Eugène de Rastignac

Texte établi par
François Nelidov

Postface de
Yves Gagneux
Conservateur du Musée Balzac

Illustration de couverture
Eduardo Arroyo

SPM
2016

Le plagiat n'a lieu qu'entre les auteurs vivants
Code littéraire (1839 ; Balzac auteur)
- article 45 -

ISBN : 978-2-917232-44-6

Éditions SPM 16, rue des Écoles 75005 Paris
Tél. : 06 86 95 37 06
courriel : Lettrage@free.fr - site : www.editions-spm.fr

DIFFUSION – DISTRIBUTION : L'Harmattan
5-7 rue de l'École-Polytechnique 75005 Paris
Tél. : 01 40 46 79 20 – télécopie : 01 43 25 82 03
– site : www.harmattan.fr

« Henri de Marsay est le moins possible des héros de romans. »

Jules Barbey d'Aurevilly
Du dandysme et de George Brummell (1845)

« Henri de Marsay se montre de très loin. On ne lui trouve pas de ces secrets qu'il soit seul à savoir ; je le connais comme Paul de Manerville le connaît. »

« C'est un homme d'État que Balzac a voulu peindre ; le portrait est plus noir et plus effrayant qu'un révolutionnaire ne l'espérait. »

Alain
Avec Balzac (1937)

« Henri de Marsay ». Gravure de Pierre Gusman (1862-1942) d'après le dessin de Charles Huard (1874-1965) pour *La Fille aux yeux d'or*, dans Œuvres complètes de Honoré de Balzac, Paris, Louis Conard, volume 13, 1913.

Préface

Au moment de donner cette préface, ma curiosité le dispute toujours au plaisir de commémorer celui qui fut, au sens plein, un modèle pour notre génération : nous procédons d'Henri de Marsay autant que nous l'avons admiré.

Je revois notre jeunesse. On nous a appelés des corsaires en gants jaunes, des lions ; plus tard des dandys. On pouvait aussi nous voir comme les jeunes colonels d'une secrète campagne contre un monde impotent et tartuffe. Un monde moins restauré que confisqué, sous le joug de vieillards éligibles et de vieux courtisans : retour d'exil, ils avaient condamné notre jeunesse à l'ilotisme et l'avaient silencieusement déportée vers les salons. Encore nous fallait-il ouvrir leurs portes.

Eh bien ! Nous y avons accompli notre 18 Brumaire : nous avons pris les boudoirs, les femmes ; le pouvoir enfin ! Dans ces conquêtes, Henri aura été notre Bonaparte. Notre Barras également : voilà sans doute pourquoi l'opinion peut avoir eu un sévère jugement sur nos expédients. Monsieur de Balzac en particulier. Pourtant, celui qu'il porte sur la société l'est plus encore et c'est bien elle qui les a réclamés autant qu'elle les a justifiés à nos yeux ; même si jamais par nos bouches : aucun d'entre-nous ne se serait, à cette époque, abaissé à s'expliquer.

Henri moins que quiconque. Quand il plaisantait en garçon, quand il faisait ses frappantes maximes, quand il paraissait s'ouvrir au retour d'un souper fin ou d'une insolente griserie ; en réalité il ouvrait chaque fois un arcane. Moi-même, fumant un cigare à ses côtés, je me suis interrogé : au fond qui était-il ?

Je sais que j'ai récemment été désigné comme son héritier direct par Blondet[1]. C'est aussi flatteur que trompeur. Outre que ma carrière et ma fortune demeurent à moitié de celles d'Henri, beaucoup de ses traits, je le répète, resteront indéchiffrés ; beaucoup de ses ressorts secrets ; beaucoup de ses menées sans épilogue ni épigone. L'homme était si supérieur dans la conception comme dans l'action qu'on pouvait entendre ses moyens sans jamais atteindre à ses fins.

---

1. Émile Blondet, journaliste influent et échotier (1800-1850).

Aussi mes propos livrent-ils ensemble celui que je crois à présent mieux comprendre et aussitôt cette charade pliée : qui était celui que nous avons tous reconnu sans jamais le connaître ?

Je l'ai rencontré quand il était déjà au sommet de sa gloire. Son éclat social et son intelligence, taillée à facettes comme le diamant, produisaient une diffraction supérieure propre à égarer les rayons les plus pénétrants. Il me semble que Monsieur de Balzac, pour avoir glissé partout ses lanternes, ne l'a pas lui non plus éclairé décisivement. Etait-ce à dessein ? J'avoue pourtant que ma curiosité a été piquée par ce que j'ai récemment appris et compris de notre héros.

Ainsi, Blondet ne m'avait pas informé sur les déconvenues amoureuses du très jeune Henri avec la future duchesse Charlotte[1] ; cette femme si belle et que nous savons à présent si bonne comédienne. Après qu'ils eurent gravi ensemble les Alpes du sentiment, elle manqua lui briser le cœur. Pour le bronzer tout à fait. La dureté d'Henri s'en trouve pour partie expliquée, si pas ses penchants asiatiques ni sa quête des exorbitants plaisirs. Pareillement, son ami Paul de Manerville était aux Indes quand j'ai commencé de faire mon chemin dans Paris. Je n'ai donc pas su quel soutien fidèle pouvait être Henri, que l'on a pu souvent voir si froidement féroce et qui jetait à son entour un regard de pénétrant dédain. *Sans exception,* il faut l'accepter.

Comme bientôt le lecteur, j'ai aussi découvert au fil des pages laissées par Henri de nombreux aperçus et jugements sur ses années d'avant 1827 ; moment où il s'est mis en marche vers le gouvernement. En m'entraînant, peu après, derrière lui[2].

La conquête ministérielle ! Nous a-t-on suffisamment associés à elle ! Commune par nos volitions, elle a pourtant singularisé nos figures. Très souvent, on l'oublie. Henri a employé des armes invincibles lorsqu'il lui a plu de se révéler comme un des hommes politiques les plus profonds du siècle. Sa manière fut alors calculée, inexorable et impitoyable. Pas du tout celle d'un opportuniste, avec pour seule idée de monter en croupe derrière chaque événement ainsi qu'on a pu l'écrire par la suite.

Mes propres moyens furent ceux d'un homme qui a dû apprendre la vie, l'a jugée ce qu'elle est et voit sans plus d'illusion les erreurs du monde. Un homme qui a pénétré les préceptes sociaux et possède l'art de chiffrer comme de déchiffrer une situation. Un homme qui a fait lui-même la fortune de sa théorie en comprenant mieux la théorie de la Fortune.

---

1. *Une autre étude de femme.*
2. Eugène de Rastignac sera secrétaire d'État puis ministre dans les gouvernements dirigés par Henri de Marsay.

Par ces différences, Monsieur de Balzac a indiscutablement gagné un jeu multiplié des intrigues ; comme au jeu démultiplié de ses célèbres renvois. Et nous ?

Nous y avons gagné le droit d'être partout salués et craints. Henri de Marsay, devenu Premier ministre, a dominé la vie politique de la nouvelle monarchie. Sa mort brutale, elle-même, le met à l'égal d'un Casimir Périer. Je serai, quant à moi, ministre et Pair de France.

Mais ces trajectoires forment aussi les axes autour desquels circulent sans relâche les vices, les vanités, les trahisons... Nous personnifions l'un et l'autre l'ambition sans scrupules. Je suis ainsi devenu un nom et un lieu commun : un *Rastignac* et tout est dit...

Henri de Marsay incarne, pour sa part, le ribaud et le dandy qui subjugue ses sens et son égotisme pour prendre possession du seul objet pour lui véritablement talismanique : le POUVOIR. Tout y est sacrifié, tout le justifie.

C'est simple, c'est fort et nul ne s'étonne alors plus de nos traits creusés. L'encre et le récit y mordent mieux. À l'inverse, je crois que les carnets laissés par Henri de Marsay tracent, au fils des pages, des mœurs moins accusées et partant des sentiments moins accusables. Ils nous rendent enfin notre visage ; même si on peut avoir parfois le sentiment que c'est à profil perdu : comme toujours avec Henri, l'ombre continue d'y jouer sa part et laisse souvent à deviner.

Oui, il faut beaucoup deviner, tout comme il faut le suivre, de près et de loin, dans la présentation de ses actes. Il partage en effet avec Mr de Balzac le goût du temps mosaïque : les faits et les conséquences ne se donnent jamais tout d'un coup, ni tout entier... D'ailleurs, il ne m'a rien révélé de ses écrits alors-même que je l'assistais dans ses derniers moments. Peut-être a-t-il cru que leur ironique sagacité pouvait compromettre, entre mes mains, leur sort posthume ? Ici encore, j'aurai la bonne grâce de l'accepter.

Et puis qu'importe ! Je suis heureux qu'Henri ait trouvé la force de s'écrire lui-même, de mieux s'expliquer et, par-là, de mieux nous expliquer. Ces carnets sont des merveilles d'esprit, de profondeur, de concision. Quant aux maximes rassemblées juste après (et parfois empruntées), elles font un manuel qui lui ressemble ; livrant ses réflexions sans livrer l'homme, la lettre sans le chiffre. Chacun peut les lire à sa manière car sa manière est en rébus. Telle, il l'a voulue.

Tel il demeure : pour nous un exemple auquel je veux rendre ici un dernier hommage. Chacun a aujourd'hui reconnu Henri de Marsay homme d'État ; mais le lecteur va ici le découvrir homme de plume et moraliste. Si singulières aient été sa morale et ses maximes, elles proclament un homme d'exception autant que d'exceptions.

Le livre fermé, on conclut que celui qui a pu mettre la fin de sa vie en relation avec son commencement a été le plus heureux des hommes : Pascal aurait aimé ce destin accompli, immortelle illustration qu'une vie est heureuse quand elle commence par l'amour et qu'elle finit par l'ambition.

Nous aimions Henri et nous l'admirons. Il nous manque chaque jour. Par son absence même, il achève de s'imposer devant l'Histoire.

Eugène comte de Rastignac

À Balzac

Il est aussi facile de rêver un livre qu'il est difficile de le faire.
Balzac[1]

Monsieur,

Je me meurs à une date incertaine – 1833 ? 1834 ? – et d'un mal inconnu. Chaque heure, chaque assaut de fièvre me le prouve : le temps m'est compté. Sans que nul ne sache d'ailleurs qui tient la plume et qui le sablier.

Rastignac l'apprendra peut-être un jour, qui vient souvent à mon chevet. J'aurais pu lui demander d'appeler Bianchon[2], son ami médecin (comme vous-même tenterez de le faire dans vos derniers instants[3]). Je sais pourtant que c'est inutile. Vous seul pénétrez les arcanes de ma disparition et vous n'en direz rien : vous connaissez trop bien le secret et l'effet du secret. Il n'y a même pas eu, cette fois, un de ces avertissements patents ou occultes du malheur que vous affectionnez : sauf une toux importune[4], ma fin aura été sans prémonition ; mais sans doute pas sans motif.

Est-ce d'en avoir trop dit sur la ténébreuse affaire qui vit l'insondable brelan de prêtres – Talleyrand, Fouché, Sieyès – comploter la nuit de Marengo ? Ai-je été atteint par la vengeance d'un de mes anciens complices, comme jadis Auguste de Maulincourt, avec les poisons du chimiste Duvignon[5] ? Ou décédé-je de ne pas m'être suffisamment soumis à la sagesse qui préserve notre organisation corporelle et assure notre longévité ? De n'avoir pas su choisir les seuls plaisirs et sérails imaginaires ? D'avoir cru qu'un long avenir demande un long passé et d'avoir oublié que vivre, c'est d'abord se dépenser plus ou moins vite ? Je connais pourtant la règle, comme on le verra, et m'y suis soumis autant que j'ai pu.

1. *Le cabinet des antiques.*
2. Horace Bianchon (1797-1846 ?) ; célèbre médecin de *La comédie humaine.*
3. *Balzac intime* ; Léon Gozlan (1803-1866).
4. *Les secrets de la Princesse de Cadignan.*
5. *Ferragus.*

Toujours est-il qu'il y a quelques semaines encore, on me trouvait fringant au bal de ma belle-mère, Arabelle Dudley. Devant elle, devant tous, ma santé comme ma position illustraient à merveille que le grand secret de l'alchimie sociale est de tirer tout le parti possible de chacun des âges par lesquels nous passons ; d'avoir toutes les feuilles au printemps, toutes les fleurs en été, tous les fruits en automne.

Mais peut-être le signe était-il là ; au reflet des miroirs où les visages se répondaient, comme autant de mes vices passés ? Arabelle – pourquoi le cacher plus longtemps ? – a été ma maîtresse ; et nombre de ses amies, sèches cactées poussées dans les contrées siliceuses des sentiments de salon ont, par le passé, rentré leurs épines pour me désaltérer.

L'unique alarme d'alors a été pour la duchesse de Maufrigneuse[1], notre Don Juan femelle jadis sorti de mes mains ; passé depuis dans bien des bras et que l'on savait à présent empoignée par le plus terrible Commandeur : l'usurier ! Son visage, malgré ses sourires et sa morgue, affichait le prix à payer pour vivre sans fortune sur un pied annuel de deux cents mille francs, avec partout des billets et des fournisseurs à payer (on m'a parlé de plus de trente mille francs chez Victorine et de dix-huit mille francs chez Houbigant !)[2].

Ce soir-là, sa ruine était dans tous les regards, derrière chaque éventail. Elle m'a alors brutalement rappelé que quiconque manque d'argent à Paris est un paria.

Mais cela m'a aussi heureusement rassuré puisque je jouis de la plus solide opulence : mon père naturel, Lord Dudley, m'a fait à la naissance cent mille francs de rentes (ils ne lui ont pas coûté cher, il est vrai : à cette époque, la *sterling* écrasait le franc). Depuis lors, jamais *Tysché* ne m'a abandonné : au moment où je me suis lancé en politique, en 1827, j'en possédais cent cinquante mille de mieux ; plus une réserve de deux cents mille pour parer à des pertes. Enfin, mon mariage avec Dinah Stevens[3] a encore ajouté deux cents quarante mille livres à cette somme !

Si l'argent est bien ce dénominateur de la grande équation sociale que vous dites, vous avez été mon Euclide ! Je meurs riche de six cents mille livres de rentes. Six cents mille ! *Beati possidentes !*

Je meurs riche également d'honneurs, car le pouvoir de l'argent contient à présent tout en germe ; et donc tout en fleur. Il est devenu, depuis vingt ans, le véhicule du pouvoir social et son mouvement ascensionnel m'a transporté avec lui : j'ai été comte, puis marquis ; j'ai été nommé Premier ministre en 1832 et Président du Conseil l'an passé. Qui,

1. Née Diane d'Uxelle ; devenue par la suite Princesse de Cadignan.
2. Célèbres fournisseurs de toilettes et parfums pour femmes.
3. En 1827.

dans votre œuvre, peut mieux dire ? Vous avez – veut-on l'oublier ? – décidé et distingué cette ascension (enfant naturel, j'étais parti du pied gauche pour escalader le pouvoir et aller m'asseoir sur les bancs de la Pairie ou du Gouvernement).

Je crois même que c'est de longue plume. Depuis le choix de mon père légal : Monsieur de Marsay, ce vieux gentilhomme plein de vices. Vous célébrez en effet avec Sterne[1] l'occulte puissance des noms. Je ne voudrais certes pas prendre sur moi d'affirmer qu'ils n'exercent aucune influence sur la destinée et je me rends à constater qu'il existe dans toute votre œuvre de secrètes et inexplicables concordances entre eux et les faits de la vie. Ce qui vaut pour annoncer l'échec politique de Z. Marcas et sa sinistre signifiance[2], vaut pour affirmer mon triomphe : je tiens de Mars.

C'est ainsi que je quitte aujourd'hui le monde dans la grandeur d'établissement et la plus haute notoriété. Je laisse aussi une réputation d'homme d'État immense après être devenu un des hommes politiques les plus profonds des temps actuels ; le seul homme d'État qu'ait produit la révolution de juillet, si l'on juge bien. Par là, je rejoins devant l'histoire Talleyrand et Fouché pour vous les deux seuls grands politiques dus à la Révolution.

Tout au plus, ai-je relevé du sarcasme quand vous m'avez attribué la qualité de plus influent personnage de la politique bourgeoise. Nous savons, chacun pour soi, ce qu'il y a à penser de ce Règne depuis la mort de Casimir Périer. Pas dupe ! C'est d'elle que date mon gouvernement. Vous avez par ailleurs écrit dans une gazette que le pouvoir était tombé dans de petites mains[3] : *on se trouve toujours plus de lecteurs qu'on ne croit…*

Il reste que, depuis mes folies d'amant effractionnaire et pseudonymique[4] du printemps 1815, j'ai su guider mes forces au service supérieur de ma volonté. Auparavant, c'est vrai, j'ai d'abord pu tout ce que j'ai voulu dans l'intérêt de mes plaisirs ou de mes vanités. Je me suis amusé douze belles années avec mes amis ; ne me refusant rien, pas même une entreprise de flibustier par-ci, par-là. Je proclamai que je voulais tout obtenir pour pouvoir tout dédaigner. Plus tard, par juvénile défi, j'ai même ajouté qu'il n'y avait plus de fruit défendu, que j'avais tout mangé. Mais le moraliste a raison : une grande pratique des plaisirs conduit au dédain des passions. Après, j'ai dû, su et pu me choisir une destinée ; employer mes forces à quelque chose qui vaille la peine de vivre : devenir un moderne hégémon.

---

1. Créateur de la cognomologie.
2. *Zéphirin Marcas, la mort d'un ambitieux.*
3. *Lettres sur Paris* ; septembre 1830.
4. Henri de Marsay se fait appeler Adolphe de Gouges pour pénétrer dans l'hôtel de San Real où se trouve la fille aux yeux d'or.

J'ai certes continué, devant les niais, de poser au dandysme, mais jamais plus le dandysme ne s'est imposé à moi. J'ai même secrètement rejoint l'homme supérieur qui se moque de ceux qui le complimentent et complimente ceux dont il se moque au fond du cœur.

Je ne me suis plus alors maintenu qu'en partie dans la dissipation où se perd l'énergie, car j'avais compris que chacun n'en possède qu'une somme donnée et se trouve confronté au problème de sa conservation et de sa dissipation. De là que seuls les hommes d'exception, c'est-à-dire ceux qui mettent au service de leur visée supérieure une volonté très grande, savent concentrer leurs forces et les rassembler concentriquement en vue d'une action précise. La volonté ! Rien ne résiste à cette puissance quand on s'emploie à la totaliser, à en manier la somme et à diriger sur les âmes sa projection fluidique ! Un de vos admirateurs, écrivain[1] de cette Île Maurice d'où revient importunément votre demi-frère[2], nous dira qu'elle est chez vous *un clou à enfoncer l'invisible.*

Quant à moi, abandonnant mes chemins d'incartades, je n'ai plus jamais rien sacrifié aux caprices et moins encore au dieu le plus courtisé de Paris, le hasard. J'ai exécuté tous les actes nécessaires à mon ambition, convaincu que les scrupules et la grandeur ont de tous temps été incompatibles. Et si, à la fin, on peut être fier de quelque chose, n'est-ce pas d'un pouvoir acquis sur soi-même, dont nous sommes à la fois la cause, le principe et le résultat ?

Voilà comment et pourquoi je vais m'éteindre entouré de la considération que le monde accorde à ceux qui obéissent à ses lois : j'ai, plus que tout autre en ces temps d'opportunisme, démenti mon début au point d'arrivée, mes opinions par ma conduite et ma conduite par les opinions.

Pour m'y préparer vous avez, il est vrai, singulièrement pourvu à mon éducation (que je peux gaiement appeler ici *puérile*). Car mon précepteur, l'abbé de Maronis était bien cet homme taillé pour devenir Cardinal en France ou Borgia sous la tiare. Son instruction fut décisive et dessillante. Il m'a fait un cours de morale qui ne se fait nulle part et étudier la civilisation sous toutes ses faces. Il a mouvementé devant moi la mécanique du monde et m'a démonté les sentiments humains pièce par pièce. Sa main a tenu avec une pénétrante fermeté mes révoltes et corrigé mes ingénuités. À mes naïves questions, il répondait supérieurement *quand les vérités de l'Église gênent vos procédés, prenez celles des pontifes.*

La vie m'a ensuite complété ses leçons. Une femme, bientôt duchesse[3], a trompé mon premier sentiment vrai. Quand j'y repense ! J'allais jusqu'à

1. Malcom de Chazal.
2. Henri Balzac, qui rentre de Maurice en juin 1834.
3. La duchesse Charlotte ; seul le marquis de Ronquerolle, proche compagnon d'Henri de Marsay (et certainement Rastignac) pourraient aujourd'hui révéler son nom.

boire l'infusion des fleurs qu'elle avait portées ! Je me relevais la nuit pour aller voir ses fenêtres ! Le sot dévot ! Croire en l'amour, quelle pauvre religion. Après quoi, en fait d'amour, je suis devenu athée comme un mathématicien et me suis reconnu homme d'État. À dix-sept ans diront les esprits incrédules ? C'est sans compter qu'avec moi, l'enfant adultérin tend la main à l'adulte souverain. Mon esprit et mon cœur se sont formés là pour toujours et l'empire qu'alors j'ai su conquérir sur les mouvements irréfléchis m'a donné ce beau sang froid qui est ma marque et ma puissance.

Oui, l'homme d'État n'existe que par une seule qualité : savoir être toujours maître de lui. C'est-à-dire avoir dans son moi-intérieur un être désintéressé du présent qui assiste en spectateur froid à tous les mouvements de la vie. D'ailleurs, on se trompe sur l'organe impavide des chefs : c'est l'œil, non le cœur, qui doit être sec. On passe pour fort autant que l'on voit juste. Et là, voir juste, c'est vraiment ne croire en rien ; ni aux sentiments, ni aux hommes, ni même aux événements. L'abbé de Maronis m'a livré à ce propos une autre formule frappante : *il faut voir avec son cerveau.*

J'ai aussi compris, grâce à lui puis à Ferragus[1], que l'association – osons le mot, la conjuration – livrait des mondes à conquérir dans une société qui ne voulait rien céder. *Vae soli* [2] ! Les complots d'abord entrepris avec mes treize mystérieux compagnons ; ma cabale politique ensuite, forment ainsi l'histoire d'une conquête par les acolytes. D'abord sur les plaisirs, puis vers le pouvoir.

Le pouvoir ! C'est Casimir Périer qui m'a enseigné qu'il est une conspiration permanente. Cette conspiration, je n'en sors qu'aujourd'hui. Et aujourd'hui je sais tout juger. Je peux agir et penser en homme supérieur, me placer au dessus des lois générales et percevoir toujours les bénéfices d'une situation. Je vois bien d'ailleurs maintenant ceux de ma disparition. N'intervient-elle pas, comme je l'ai indiqué, au moment où votre frère cadet nous revient ? Comme moi un enfant de l'amour, il se prénomme Henri. Coïncidences, vraiment ?

Et l'ouvrage que vous lui avez dédicacé : *Le Bal de Sceaux* ? Un bal qui ouvre un monde quand un autre vient fermer le mien : intrigante symétrie… Laissons : je n'ai aucun ressentiment, aucune nostalgie. La nostalgie est le repos des âmes sans volonté et je n'ai jamais cherché ce repos-là ; même à présent. Les âmes fortes ne sont ni jalouses ni craintives. La jalousie est un doute, la crainte une petitesse.

---

1. Gratien Bourignard, dit Ferragus XXIII, membre des XIII avec Henri de Marsay.
2. Malheur aux solitaires !

Et puis surtout, dans un de vos paradoxes, je meurs au moment où vous me donnez pour de bon la vie. Paradoxe ? Prodige plutôt.

Ce prodige, vous venez de le créer en décidant de loger Rastignac chez la veuve Vauquer à la place d'un obscur Massiac[1]. Nous savons tous à présent qu'Eugène ira loin, même si on ne l'a jamais accusé d'avoir inventé une bonne affaire. Mais surtout, vous allez, à sa suite, faire reparaître systématiquement les plus signalés d'entre nous dans vos récits. Par ce procédé, vous nous animerez à votre lampe de Ditubade ; jetant la lumière par des brèches toujours rouvertes sur nos passés ou nos mouvements expectatifs. Chaque épisode aura sa lanterne et toutes se répondront. Éclairés de la sorte, de moment en moment, de loin en loin, nous allons nous accentuer par apparitions, mais aussi par absences. Nous allons vivre et nous transformer de nos éclipses elles-mêmes – *in abstentia* – transportant des mondes comme nous les traversons et les prolongeant les uns dans les autres. C'est ainsi que j'apparais tour à tour dans vos récits en narrateur habile, en héros à l'âme pure, en amant impérieux et cruel, en conseiller cynique, en membre dévoué des Treize…

Le temps, lui, sera tantôt invoqué à nos guises respectives et tantôt convoqué à nos injonctions réciproques (avec ironie de votre côté, puisque vous me lancerez dans le monde l'année de ma disparition[2]). Car pour vous comme pour nous, le temps n'est pas consécutif et univoque, mais mosaïque et animé. Par nos propres ressources, nous pourrons nous y soustraire comme le rejoindre en ses différents points.

Oui, c'est un prodige et vous le dites : aucun de nous ne sera plus une silhouette qui n'a qu'une seule face, une apparence découpée qui ne saurait se retourner ni changer de position[3].

Et, à la fin, nous allons vivre sans vous : vous nous aurez créés, mais aussi libérés. Autant, il est vrai, que vous vous serez libéré de nous. Sinon je ne prendrai pas la liberté de m'adresser directement à celui que je considère comme l'Hermès psychopompe qui m'a placé au sommet des choses humaines : *sur des pics de glace* a dit mon ami Paul de Manerville.

Il est vrai que j'ai des réflexions froides et systématiques qui l'effraient. Je porte partout le regard le plus profondément calculé et par-là élève la pensée jusqu'à la plus glaciale. Pourtant, j'ai expliqué à Paul les voluptés qui découlent de la puissance politique. S'il avait accepté de s'élever avec moi, il aurait appris que le pouvoir et l'air qu'on y respire

---

1. Massiac devient Rastignac dans *Le père Goriot* ; déjà présent dans *La peau de chagrin*.
2. *La fille aux yeux d'or* paraît en volumes l'année de la mort d'Henri de Marsay.
3. *Le chef d'œuvre inconnu*.

vont en sens inverse. Pour finalement se rejoindre : en haut comme en bas, c'est sidération.

Paul de Manerville, mon fidèle second : il a vécu dans mon reflet, s'est mis constamment sous mon parapluie, a chaussé mes bottes, s'est doré de mes rayons. Je sais que vous avez écrit que rien ne renforce plus l'amitié entre deux hommes que lorsque chacun des deux considère qu'il est supérieur à l'autre : j'aurais ici l'élégance de nous considérer amis. Ce n'est pas à lui cependant que je vais remettre mes mémoires. Son exil aux Indes, conséquence de ses inconséquences[1] et conclusion de son indécision, m'a laissé circonspect. Tout comme votre attitude à son endroit. Je n'oublie pas que vous avez laissé Natalie Evangelista[2], ce petit crocodile habillé en femme, le trahir et le ruiner pour Félix de Vandenesse.

Félix de Vandenesse ; ah ! Vous l'aimez ! Sa jeunesse est la vôtre : l'exhérédation des sentiments maternels, l'exil à Tours, les oratoriens de Pontlevoy, la filialité trompée, le sein consolant et politique de Madame de Mortsauf… Nul ne peut douter de votre jumelle tendresse pour lui. Moi, mon opinion est dite : il fallait le tuer.

Tout comme est faite celle sur Paul : c'est un garçon dont les bornes sont aussi celles de ma confiance.

J'ai donc confié mes carnets à Monsieur Nelidov pour qu'il les organise et les publie. Il est sans attache parmi nous (sauf, m'a-t-on rapporté, avec Mme Hanska[3]) et veut se faire un nom. À ce titre, si j'ose doublement dire, vous lirez que j'ai pris la liberté de vous y rendre le vôtre : en lui retirant cette particule que vous avez si constamment soudée au mien, contre l'usage. Je sais que nous ne nous en voudrons pas.

Comme je sais qu'Émile Blondet doit rapporter à ce travail un recueil des réflexions qui m'ont inspiré et dont il a été jusqu'ici le dépositaire. C'est sa récompense pour la sincère admiration qu'il m'a proclamée. Je compte qu'il sera tiré de tout ceci la meilleure part.

Pour la vôtre, permettez-moi ce conseil d'être vigilant avec nos deux concours. Ils peuvent être l'un et l'autre emportés par l'esprit d'invention : Nelidov par trop de zèle et Blondet par trop de désinvolture.

La fatigue me gagne. Je dois vous quitter.

Vôtre en et par ces instants.

HM

1. *Le contrat de mariage.*
2. Épouse de Paul de Manerville.
3. Ewelina Hanska (1801-1882), épouse de Balzac (14-03-1850). En réalité, la parenté est avec Caroline Sobanska, sa sœur.

Ma jeunesse

La jeunesse montre l'homme comme le matin montre le jour.
John Milton

Telle que ma vie est aujourd'hui présentée, chacun peut vouloir me juger pour cela même qu'il n'a pas à me comprendre. Très peu a notamment été dit sur mes années de jeunesse, hors ce qui pouvait à l'envi en montrer les vices et les excès. Partout je suis résumé en actes, en cruautés et en intrigues ; ceci au plus grand plaisir de mes ennemis politiques et de mes adversaires mondains.

Je pourrais continuer de m'en moquer ouvertement ; comme j'en ai tiré jusqu'ici la fierté secrète du mépris. Beaucoup de mes contempteurs ne méritent pas mieux. Pourtant, je crois qu'il vient un temps où il faut faire *la toilette à son ombre* : je vais ici tenter de mieux m'expliquer, sans trahir les secrets et les souvenirs par lesquels je suis lié. Les esprits avisés entendront ce que je tairai.

J'ai vu le jour à Paris en 1794 ; fils naturel de l'ancien ministre anglais Lord Dudley et de la célèbre marquise de Vordac[1].

Riche avant de naître, comme je l'ai indiqué, je n'ai jamais eu à descendre au calcul des intérêts journaliers et mesquins de l'existence. Voilà qui, je le sais, m'enlève d'emblée la bienveillance de ceux pour qui la capacité n'est complète que si elle a d'abord greloté dans un grenier.

Outre des langes brodés, j'ai aussi tiré au berceau l'ascendant de la beauté. Une beauté blonde qui a protégé ma jeunesse d'un total dédain, sinon du désintérêt : mes parents avaient la distance et l'inattention propre à leur état. Pour eux, les enfants ne devaient être ni vus ni entendus. Mon éloignement familial a donc été décidé d'une tête à la fois posée et étourdie.

Je m'y suis résolu, comme plus tard mon caractère. Il est vrai que les traditions patriciennes m'ont également donné les forces sociales que mes adversaires compensent à peine par des études, le labeur, la volonté ou une vocation tenace. Sur ce point, je n'en dirai pas plus. À quoi bon ? Mes improbateurs me refusent jusqu'aux consolations de la tendresse

1. Née en 1769 ; alors la maîtresse du père d'Henri.

et rappellent, les belles âmes, que toutes ces années, mon apparence m'a valu l'attention supplétive d'une vieille tante et la bienveillance complice de mon précepteur, l'abbé de Maronis.

Par la suite, j'ai perçu que l'on pouvait trouver ma beauté inquiétante. Je me suis découvert très tôt une allure alanguie, souple ; mais sans morbidesse et immédiatement corrigée par un regard fixe, calme, rigide comme celui d'un tigre. Au printemps 1815, je suis déjà annoncé comme un animal qui connaît sa force, marche dans sa paix et sa majesté : ma démarche est bien celle d'un fauve. *Quia nominor leo*[1]...Cette allure léonine ne me quittera pas et j'irai tout le long armé de cette beauté qui est l'esprit du corps ; tout comme l'esprit est la grâce de l'âme. Un Adonis qui tient de sa mère une taille fine et aristocratique, la peau blanche, de fort belles mains et les cheveux noirs les plus touffus. Grâce à Dieu, je conserverai ces derniers sans le secours de l'huile céphalique de la maison Birotteau, ce qui est un privilège. Leur couleur aussi : je n'aurai pas à me découvrir, à l'occasion, brun ou blond comme Paul de Manerville[2].

J'ai, comme le dit Lord Chesterfield[3], auquel me semble-t-il on emprunte sans trop le dire, *les grâces extérieures*. Mes traits moraux sont eux – tels qu'on les présente communément – beaucoup moins avantageux. Monsieur Taine[4], ce fils de drapiers, accusera : *Marsay est un scélérat*. Il n'aura pas eu très loin à chercher. Qui donc a écrit que je me complais dans le mal comme les femmes turques dans leur bain ?

Les femmes, justement ! Je ne les distinguerais que pour satisfaire mes ardeurs de plaisirs, les utiliser ou les avilir. N'a-t-on pas dit que chez moi l'amour doit satisfaire, en plus des sens, mon orgueil et mes intérêts ? Que je professe au sujet de tous mes caprices une parfaite indifférence et les crois justifiés par cela-même qu'ils peuvent se satisfaire ?

J'ai aussi pu lire que j'ai un cœur de bronze ; que derrière l'apparence, je suis carié jusqu'à l'os par le calcul et la dépravation. Qu'il se rencontre en moi d'inexplicables sentiments qui me rendent infâme et ignoble. Que j'ai une cervelle alcoolisée. Qu'aucune des corruptions sociales ne m'est inconnue. Que je connais le vice comme on connaît un ami ; encore que cette accointance ne suffise pas, semble-t-il, à mes détracteurs. Pour faire bonne mesure, on m'a également prêté la rage de jouir, une frénésie froide et une excentrique cruauté. Autre douceur encore ? J'aurais, tapi dans mes faux attachements, le goût de blesser ;

1. *Parce que je m'appelle lion.*
2. Paul de Manerville est blond dans *Le bal de Sceaux* et brun dans *Le contrat de mariage.*
3. Philip Stanhope (1694-1773) ; *Lettres à son fils.*
4. Hyppolite Taine (1828-1893).

de tuer aussi. N'écrit-on pas que je me venge toujours et ne pardonne jamais ? Que je condamne froidement à mort l'homme ou la femme qui m'a offensé sérieusement ?

Quelques-uns trouveront ces noirceurs trop crayonnées ? Mais non ! Eléonore de Chaulieu[1] m'a surnommé le roi des ribauds et on m'a vu acheter pour mes plaisirs Coralie, encore enfant, à sa mère.

De son côté, Delphine de Nucingen dit avoir subi, avec moi, le dégradant plaisir d'un véritable monstre. Chère Delphine…elle aussi, je lui aurais déshonoré le monde ! Elle me place ainsi bien commodément à l'origine de ses dépravations. Il me revient ici un conseil oublié : on ne devrait jamais abandonner une femme à laquelle on a jeté un tas d'or.

J'allais oublier l'or ! C'est qu'également j'ai enfoncé par le jeu le pauvre Victurnien d'Esgrignon. Feignant l'amitié, on m'a vu lui prêter, vers 1822 je crois, vingt-mille francs pour le perdre. Vingt-mille francs, rien de moins ! *Ni rien de plus*[2] ! Qu'on se rassure ; il finira quand même, toujours aussi sot et vaniteux, riche et marié.

Ce n'est donc pas à moi qu'Horace Bianchon aurait posé la question fameuse : que ferais-je dans le cas où je pourrais m'enrichir en tuant, à la Chine et par ma seule volonté, un Mandarin ? La réponse semble superflue.

Pour moi aussi, mais pour d'autres raisons. Car la fameuse question n'est pas tirée de Rousseau comme j'ai pu le lire, mais de Chateaubriand. On la trouve dans le *Génie du christianisme*.

Or, le pauvre vicomte, maladroit ministre et ambassadeur du parti-prêtre, n'avait les moyens ni de ses grandeurs factices ni de ses intrigues duplices. Au moment où j'ai constitué mon premier ministère, ses imprécations se perdaient déjà dans ses calculs et ses mépris dans ses compromissions. Notre faiseur de morale s'est d'ailleurs si bien égaré qu'il finira par hypothéquer jusqu'à sa tombe pour tenter de s'en sortir. Beau résultat ! Il me semble donc que celui qui a posé la question y a apporté, plume en main, sa vraie réponse : qui veut écrire sa vie doit d'abord gratter, l'œil sur la page, le palimpseste des bassesses et des intrigues humaines. Monsieur Balzac le dit lui-même : il existe un livre horrible, sale, épouvantable, corrupteur, toujours ouvert, qu'on ne refermera jamais, c'est le grand livre du monde. Je fais chaque jour sa lecture. Il m'a donné à chaque ligne la même et essentielle leçon ; celle-là même qu'on a jadis formulée à Rastignac et qu'il m'a rapportée : il n'y a pas de principes, il n'y a que des événements ; il n'y a pas de lois, il n'y a que

1. Ancienne maîtresse d'Henri de Marsay ; par la suite célèbre protectrice de Melchior de Canalis, ministre et académicien.
2. Ironique : de dix-huit à vingt-et-un an, Victurnien d'Esgrignon avait déjà dévoré quatre-vingt-mille francs de rentes.

des circonstances. L'homme supérieur épouse les événements et sert les circonstances pour les conduire. Les circonstances ! Rien n'est fixe ici bas. Il n'existe que des conventions qui se modifient suivant les climats.

Pour qui s'est jeté dans tous les moules sociaux, conventions et principes ne sont plus que des mots sans valeur. J'ai donc fait mienne la formule de Canalis *il y a pour les vérités morales, comme pour les créatures, des milieux où elles changent d'aspect au point d'être méconnaissables.* Seule loi fixe : à mesure que l'on monte en haut de la société, il s'y trouve autant de boue qu'il y en a en bas ; seulement elle s'y durcit et se dore. Au sommet, il y a toutes les apparences d'honnête homme. Pour préambule à cette théorie effrayante de certitude, qui peut croire que l'abbé de Maronis ait omis de me faire lire Mazarin et Richelieu ? Gracian et Retz ? J'ai bien relevé qu'on ne dit volontairement rien de sérieux sur ceux-là dans une certaine *Histoire des jésuites*[1]...

L'exemple nous a pourtant montré qu'un coquin régicide haussé jusqu'à la dignité de Chambellan est, pour tous, un Chambellan. Notre système déifie le succès en en graciant les moyens : on regarde à l'incarnat de l'habit, pas au rouge sur les mains. Plus bas, on observe sans frisson des Michonneau en gants blancs, des Poiret chamarrés de cordons[2]. Jusque dans la boue : un coquin, fils de Fouché[3], peut conclure que la grandeur du résultat absout la petitesse des moyens.

Vrai ! Après, il suffit de se tenir en grand costume de vertu, de probité et de belles manières. De prendre les poses vertueuses de *Valerius Publicola* comme a pu le dire joliment le docteur Poulain[4].

Il se rencontre cependant, par chaque million, dix lurons qui se mettent encore au-dessus de tout : le premier, j'en suis. Je domine cette foule qui ne sait ni ce qu'elle veut ni ce qu'on lui fait vouloir.

Quel bonheur alors d'imposer des émotions à la masse et de n'en pas avoir ; de la dompter et de ne jamais lui obéir ! D'avoir cette morale froide qui juge le moyen par le but ; qui a décidé de n'être jamais dominée ni agitée par un sentiment plus fort que soi. Et combien il est agréable de se dire en regardant ses concitoyens *je suis au-dessus d'eux, je les éclabousse, je les protège, je les gouverne et chacun voit clairement que je les gouverne, je les protège et je les éclabousse*[5] !

N'en déplaise aux jocrisses, rien d'inhumain en cela, encore moins de satanique. Plutôt, cette réflexion systématique et souveraine que l'on m'accorde. Je sais qu'il n'y a rien à révérer en ce monde, c'est pourquoi

1. Ouvrage de jeunesse de Balzac, non signé.
2. *Le père Goriot ; Les employés.*
3. Corentin, espion, fils naturel de Fouché.
4. Directeur médical de l'hôpital des Quinze-vingt dans *La comédie humaine.*
5. *Traité de la vie élégante.*

j'ai exécuté tous les actes nécessaires à mon ambition. Les actes accomplis sont ma religion. Je ne comprends donc pas cet égarement, à dire vrai sans redite, qui m'a présenté comme *un soldat au service du Démon dont je tiendrais ma talismanique existence*[1]. Rien de moins ! C'est incompréhensible et assez ridicule. La morale que j'ai acquise me suffit à consulter les moyens sans insulter aux fins.

Plutôt que de m'enténébrer avec une certaine complaisance (pourquoi ne dit-on jamais rien, par exemple, de la princesse Galathione qui a été ma maîtresse après Delphine et semble s'en être trouvée fort bien ?) que n'a-t-on accordé plus d'attention à l'enfance qu'on m'a donnée. J'allais écrire, distribuée. Comptons : j'ai eu au total quatre pères. Mes pères au datif en somme. Lequel peut prétendre m'avoir élevé ?

Lord Dudley ? Représentant le plus distingué de la pairie anglaise, mais homme profondément immoral. Je lui dois ma fortune, mon sang et, paraît-il, des yeux bleus amoureusement décevants (si toutefois quelqu'un peut comprendre ce que cela veut dire). On ne fait toutefois pas plus oublieux que ce géniteur : il n'a même pas jugé utile de m'informer sur ma fratrie avec la marquise de San Réal[2] !

Le vieux gentilhomme plein de vices dont je porte le nom ? Son cacochyme désintérêt m'a, comme je l'ai dit, délégué sa vieille-fille de sœur, assez malpropre mais brave femme, pour m'élever. C'est à elle que je dois les rares sentiments d'affection qui ont éclairé mon enfance ; mais elle ne m'était rien et ne comprenait pas grand-chose.

L'abbé de Maronis ? On a écrit que j'ai été l'enfant de prédilection de ce bon diable violet[3]. Peut-on alors l'appeler, sans sourire, mon père spirituel ? Avant de m'apprendre les machines du gouvernement, il m'a donné assez d'esprit et d'incrédulité pour jouer le jeu social dans le but de satisfaire mes désirs. Sous sa férule, je n'ai jamais cru ni aux hommes, ni aux femmes, ni à Dieu, ni au Diable. Il m'a aussi livré, avec sa singulière morale, les conseils premiers pour aller dans la vie. J'entends encore sa voix basse et envoilée me conseiller de n'y être jamais ni confiant, ni banal, ni empressé ; ce qu'il appelait les trois naïvetés funestes, car la trop grande confiance diminue le respect ; la banalité est payée de mépris et le zèle nous rend excellent à exploiter. Oui, l'abbé m'a beaucoup enseigné ; mais j'étais l'argile sous sa main et ses sentiments étaient de tête seule.

Enfin mon dernier créateur ; Balzac lui-même, dont je procède et me soustrais dans une filiation à éclipses qui mêle admiration, interro-

---

1. *La fille aux yeux d'or.*
2. Margarita-Euphémia Porraberil, autre enfant naturel de Lord Dudley.
3. Il sera fait évêque en 1812.

gations et incompréhensions mutuelles ? Suis-je pour lui autre chose qu'une simple machine couverte de peau ? Il n'a jamais cherché à me connaître vraiment et ne m'a éclairé, dans ses récits, que pour projeter tantôt mon ombre excessivement déformée, tantôt mon halo excessivement brillant.

Alors ? Personne ne semble s'être jamais inquiété de savoir quel enfant devenait un homme dans ces conditions. Personne non plus n'a voulu s'avertir de mes premières années d'instruction à Paris ; cette ville qui propose et oppose à tout instant ses éléments premiers et ses jugements derniers. Ce creuset où tout ensemble s'alchimise, se corporise, se vaporise !

Oui ! Paris est un véritable océan (jetez-y la sonde et vous n'en connaîtrez jamais la véritable profondeur), un océan remué incessamment par une tempête d'intérêts. Mais Paris est aussi ce Dieu Glaucus recouvert de tous les sédiments des passions humaines ; ce théâtre dont toute la physionomie – et plus encore dans les yeux d'un enfant – sous-entend la germination du bien et du mal. Paris est également cette ville où tout brûle, tout brille, tout flambe, s'éteint, se rallume, étincelle, pétille et se consume. Jamais vie en aucun pays fut plus ardente, ni plus cuisante. Paris vit de cervelles frites.

Et pourtant Paris s'élève par l'esprit ; elle est ce cerveau qui crève de génie et conduit la civilisation humaine, ce grand homme, cet artiste incessamment créateur, ce politique à seconde vue. Personne n'a suivi comme moi les enseignements de cet immense esprit qui doit nécessairement avoir les rides du cerveau, les vices du grand homme, les fantaisies de l'artiste et les blasements du politique. J'ai passé ma jeunesse dans cette ville, le plus délicieux des monstres, assemblage unique de mouvement, de machines et de pensées, toujours grosse d'envies irrésistiblement furieuses ; deux fois capitale pour l'éducation d'un jeune esprit : imagine-t-on qu'avec une vieille femme et un prêtre voltairien pour gardiens, je ne me sois pas très vite aventuré dans ses rues instructives ?

Des rues où l'œil et l'oreille y apprennent plus que dans vingt chapitres d'études. Je n'ai pas marché en écervelé. Chacune d'elle m'a livré ses pénétrants préceptes ; car toutes possèdent des qualités humaines qui nous impriment, par leur physionomie, certaines idées contre lesquelles nous sommes sans défense.

J'ai ainsi découvert, au hasard de mes pas, des rues aristocratiques, promises à l'oisiveté la plus brillante et à la sècheresse des sentiments ; des rues transportées de province, où la vie s'écoule, passive et machinale ; des rues caudataires jetées au pied de nos plus célèbres monuments ; des rues à bâtir mais déjà vendues aux abouchements ; des rues consacrées aux intérêts sommitaux, sans une fenêtre à hauteur de passant ; des rues étrécies où chaque porte donne sur un emploi idiot, où chaque couloir vous jette dans le cercle d'une spécialité qui tue les facultés créatives du cerveau, où chaque moment se règle sur les travaux d'écriture les plus abrutissants et où l'esprit recopie ce que la main a déjà copié, puis recommence encore comme une bête à sa roue.

J'ai parcouru des rues convulsives et mercantiles qui vous jettent devant chaque pas des hommes affairés ; des rues où toujours le lendemain marche sur les talons de la veille dans une course répétitive et pressée. J'ai vu, autour du Palais de Justice, des rues où s'entassent d'infectes études, de petits cabinets grillés dans lesquels les robins passent tout le jour courbés sous le poids des affaires.

M'échappant certains soirs, j'ai parcouru des rues déshonorées, offrant les plaisirs les plus vils et les plus aguicheurs. Je suis allé jusqu'aux barrières avec leurs cabarets qui font une enceinte de boue à la ville ; jusqu'aux rues de Montmartre, avec leurs méchantes petites maisons à deux croisées où d'étage en étage se trouvent des vices, des crimes, de la misère. À Paris toute passion se résout par deux termes : or et plaisir ; et j'avais dans la main les cinq francs accordés à tous les genres de prostitutions…

J'ai également parcouru des rues où, malgré soi, le regard se lève dans la crainte d'éboulements de quelques portions de cette voûte menaçante que les dettes élèvent au dessus de plus d'une tête parisienne. Illusion ? Un soir, rue des Grès[1], on m'a montré une femme connue de tout Paris et là tout à coup inconnue d'elle-même ; tenaillée de peur et presque recroquevillée, avec un billet de gage à la main.

Au Quartier latin, j'ai découvert des esprits supérieurs qui vivaient dans six pieds carrés de pain et d'écritures mercenaires. Derrière la faculté, j'ai surpris à l'aube des carabins acheter des suicidés pour faire leur anatomie. Un peu plus tard, j'ai intercepté des pratiques qui rentraient à petits pas de la colline Sainte-Geneviève jusqu'au faubourg Saint-Germain en pleurant leurs folies (pour y ajouter les larmes de la reconnaissance). Figés par la honte et la haine, j'ai vu des demi-soldes vendre jusqu'à leurs décorations devant l'Hôtel de Salm… Qui n'a pas pratiqué la rive gauche de la Seine entre la rue Saint-Jacques et la rue des Saints-Pères ne connaît rien à la vie humaine.

Il existe, plus loin, après les boulevards ou vers Montrouge, des rues où l'on sent jusqu'aux os le froid des destins proscrits ; où les enfants, après une journée de labeur dans les plus sordides fabriques, donnent tout juste aux pères de quoi boire, les battre et vociférer.

---

1. Où se trouve le comptoir de l'usurier Gobseck.

Et puis, j'ai parcouru toutes ces rues assassines qui tuent impunément dans un souffle fatal, car la moitié de Paris couche dans les exhalaisons putrides et se trouve plongée dans des atmosphères catarrhales. Une fois quittés les beaux quartiers, cette ville est une grande cage de plâtre humide, une ruche à ruisseaux noirs. Ses quarante mille maisons baignent leurs pieds dans des immondices qui filtrent à travers le sol. Au coin même des *Bains Chinois*[1], on longe de longs murs salpêtrés et verdâtres imprégnés de boues, plantés dans les ordures et dont les miasmes pénètrent passants et habitants. Voilà pourquoi j'ai si souvent rencontré, dans mes échappées, la teinte cadavéreuse des physionomies parisiennes. J'ai croisé partout des faciès blafards et sans couleur, des pâleurs aigres, des colorations fausses, des yeux ternis, des caducités précoces, des vies à-demi consumées et déjà poussées dehors par d'autres en sursis. Paris est un vaste champ où tourbillonne une moisson d'hommes que la mort fauche plus souvent qu'ailleurs et qui renaissent toujours aussi serrés ; dont les visages rendent par tous les pores, l'esprit, les désirs, les poisons dont sont engrossés leurs cerveaux dans ce vaste atelier de jouissances où Vulcain bat ses fers.

Oui, j'ai partout rencontré une population infernale. Partout des hommes ratatinés dans la fournaise des affaires ; des destins brûlés d'ambition et de nuits fiévreuses ; des âmes rôties à l'incandescence des désirs ; des esprits chauffés comme la poudre et préparés à l'incendie révolutionnaire par l'eau de vie…

Toutes ces observations et ces rencontres ont marqué mon âge encore impressible du mordant de la curiosité et de l'étonnement ; jamais de la crainte. Leurs enseignements y ont gagné la force des commandements que l'on tire de soi-même (aussi passe-t-on sa vie à sarcler ce que l'on a laissé pousser dans son cœur pendant l'adolescence : cette opération s'appelle acquérir de l'expérience). Pourtant, nul ne s'est penché sur ces années durant lesquelles l'esprit pénètre le monde pendant qu'il vous pénètre : comme si leur mystère devait présider à ma force.

J'ai donc grandi dans le monde par un concours de circonstances secrètes. J'y ai construit mon unique liberté ; et si je suis singulier, c'est d'avoir toujours choisi l'autorité à laquelle je me soumets ; n'admettant dès lors aucune des idées du monde, n'en reconnaissant aucune loi. Et surtout pas celles de la famille. Ah ! Les familles ! Elles sont pour moi sans plus d'illusions ; chacune est une association temporaire et fortuite que dissout promptement la mort. Auparavant, si l'on y rentre et quoiqu'elles enterrent soigneusement leurs intolérables dissidences, on découvre dans presque toutes des plaies profondes, incurables qui

1. Célèbre établissement, situé Boulevard des italiens.

diminuent les sentiments naturels ; des haines latentes qui labourent et salissent lentement le cœur.

Moi mes blessures sont, au sens plein, propres. J'en ai refermé jusqu'à l'ourlet et me suis présenté intact et redouté devant ma propre histoire. Voilà pourquoi l'opinion que j'ai de moi est bien celle que louis XIV pouvait avoir ; mais aussi celle des pharaons, de Xerxès, des califes. J'ai conçu, une fois pour toute, ma supériorité et je ne rends rien à un monde où les institutions, la religion pensent pour chacun.

À ce propos, personne ne semble non plus avoir songé à la société telle qu'elle m'a été donnée. Ses lois partout tracées au modèle de Buffon[1].

Celles de la sélection d'abord, puisqu'on y voit une myriade d'espèces formées par leurs milieux et jetées dans une lutte d'ambitions dont la moindre veut encore primer. Pour être né à son sommet, je n'ai pas évité cette lutte. Elle ne laisse personne en répit. Ses affrontements se livrent de l'alcôve à la Pairie, des faubourgs aux salons, des obscurs comptoirs à la Haute Banque. Autant d'intrigues incessantes, croisées, retorses, sélectives ; monomanes aussi.

Autre loi, celle de la période : un désert d'égoïsme, une société idolâtre avec férocité des intérêts personnels, des buts obtusément et durement bourgeois. Une société qui honore, front bas, l'argent à l'égal de Mammon. Où le cœur humain est un pays perdu. Où les intérêts de la ville se remuent, s'agitent d'un âcre et fielleux mouvement intestinal. Où l'administration refluée de tous les départements de l'Empire forme partout une masse d'hommes mesquins, habiles, désœuvrés, intrigants ; tous prêts à se vendre ou à acheter leurs places. Cette bureaucratie devient sous nos yeux un pouvoir anonyme, pénétrant et gigantesque dont j'ai précocement compris qu'il fallait le conquérir sans trop regarder aux moyens. Et pour rendre cet état public encore plus flaccide et cruel à la fois, on le surprend dans la digestion de ses propres entrailles : il s'y métaphorise et devient un grand serpent social à la tête perfide et à la queue débile.

C'est un monde de rapports cauteleux et calleux où il n'y a d'autre morale que celles des intérêts fluctuants, pas d'autre principe que celui du plaisir incessamment cherché. Dans ce monde, les lois votées n'arrêtent jamais les entreprises des grands ou des riches et frappent les petits : on voit vivre les premiers dans la débauche et faire la morale aux seconds car tout s'excuse et se justifie dans une époque où l'on a transformé la vertu en vice, comme on a érigé certains vices en vertus.

Voyez comme je le vois : c'est un monde où chacun porte un masque. Masque de faiblesse, masque de force, masque de misère, masque de

1. Georges-Louis Leclerc de Buffon (1707-1788), naturaliste.

joie ou d'hypocrisie, tous emprunts des signes d'une haletante avidité. Qu'on ne l'oublie pas, mes premières aventures ont lieu dans ce monde là, pris dans les mains ossues de gérontes égoïstes. Un monde où on voit la consomption de tout ce qui ne sert pas le calcul et l'ordre de ces vieillards.

Il faut le regarder en face, ce pouvoir qui donne la paix en escomptant l'avenir : ses traits de carton aux rides prématurées ; cette physionomie où grimace l'impuissance, où se reflète l'or et d'où toute intelligence a fui. Il ordonne à une société borgne qui ne paie que les services qu'elle voit et ne reconnaît le tort que si le tort est puni par le revers. Une société qui pèse et ploie de ses impotences. C'est sous ce joug qu'on a condamné ma jeunesse à l'ilotisme : elle voulait une place et la politique ne lui en faisait nulle part. Triste jeunesse ! Je l'ai regardé dépenser à se faire cette place l'énergie nécessaire aux plus hautes créations et j'ai souvent vu des supériorités jeunes se trouver écrasées sous le poids des médiocrités parvenues.

Oui ! Triste jeunesse ! Ses représentants les plus brillants et les plus aventureux se sont précipités à Paris comme à une immense roulette, certains d'y trouver une victorieuse martingale et plus certains encore de s'y perdre dans les plaisirs qu'au moins on ne pouvait leur ôter. Les autres ? Des cercueils ambulants contenant un français d'autrefois consentant à y étouffer ; un cercueil toujours vêtu de drap noir. Toute une jeunesse que j'ai vu se morfondre dans des attentes captieuses où l'infortune est entretenue par le hasard. Comment alors ne pas comprendre tous ceux qui se sont avancés avec un secret de haine en face des hommes. Un *larvatus prodeo* justicier et salvateur ?

Car dans ce monde on trouve en dessous le fond humain : reptilien, il avance dans les nœuds de la bassesse et de la jalousie. Celle-ci est partout, derrière la porte de tous les milieux et dans presque tous les cœurs ; maladie intestine qui a passé dans les entrailles de la société toute entière. Ce mal m'a frappé une fois moi aussi. Mais il m'a aussitôt instruit de m'y tenir au-dessus pour toujours : ce n'est pas moi que l'on verra calculer sa vengeance avec cette perfection de perfidie qui distingue les animaux faibles. Quant aux jalousies que j'ai créées, je préfère encore citer notre célèbre chirurgien Desplein[1] : *Quand certaines gens vous voient mettre le pied à l'étrier, les uns vous tirent par le pan de votre habit, les autres lâchent la boucle de la sous-ventrière pour que vous vous cassiez la tête ; celui-ci vous déferre votre cheval, celui- là vous vole votre fouet : le moins traître est celui que vous voyez venir pour vous tirer un coup de pistolet à bout portant.*

---

1. Maître hippocratique d'Horace Bianchon.

Et c'est dans ce monde de brigands que Balzac me fait triompher ? Un monde qui peut vous jeter bas, vous enterrer sous les vivants et vous oublier-là plus sûrement qu'un certain colonel de ma connaissance sous les morts à Eylau[1]. Un monde de sac et de cordes !

Un monde de fange aussi. Elle vient éclabousser jusqu'aux étages nobles. Qu'on se souvienne seulement de mon ami Paul de Manerville, sali d'accusations par le clan Vandenesse ; singulièrement Madame de Listomère, cette Lucrèce du faubourg. Moi aussi on m'a fait tremper dans la fange ; mais il y a des plumages qui traversent le marais sans se souiller.

Mon plumage est de ceux-là.

---

1. *Le colonel Chabert.*

Rencontrer Balzac

Les exemples durent plus longtemps que les caractères.
Tacite

J'ai longtemps imaginé ma rencontre avec Balzac, l'esprit transporté à l'Opéra : nous y avons tous deux été souvent vus dans la loge des lions[1].

J'aurais eu plaisir à l'y saluer, accompagné de mes amis Ronquerolles, Montriveau, Granlieu, La Roche-Hugon, Serizy, Granville…Lui aurait sans doute été entouré de son fameux aréopage : le préfet Romieu et ses hannetons dressés, Lautour-Mézeray et son éternel camélia[2], Gautier[3], Beauvoir[4] et leurs fameux gilets rouges frangés de grecques. Pourquoi pas également Charles de La Battut[5] ? Il semble que je lui doive certains de mes traits : un enfant naturel, de père anglais, riche de 100 000 francs de rentes et boxeur comme je suis bâtonneur… Seules nos visites dans le crime nous ont distingués : je glisse ma carte, il corne la sienne.

Oui, cette rencontre avec Balzac eut été un plaisir : je l'imagine dans son habit de chez Buisson, bleu-barbeau à boutons d'or (on voudra bien oublier qu'il avait jadis déclaré que c'est une vanité qui mérite d'être punie que d'avoir des tels boutons à son habit) ; avec des gants paille de chez Boivin toujours tachés. Surtout, avec sa canne à ébullitions de turquoises. La fameuse canne ! On rapporte qu'elle lui a coûté 700 francs chez Le Cointe[6] ! Folie qui paraît curieusement réfléchie : auparavant, il est allé chez Stidmann chercher ce que l'art peut offrir de plus royalement beau en matière de bijou. Il a fait graver sur son jonc la devise *je brise tous les obstacles* et il en tirerait, paraît-il, une force mystérieuse. Pourtant, cette canne semble également receler une consomption cachée :

---

1. Loge célèbre, dite aussi *infernale.*
2. Charles Lautour-Mézerey (1801-1861) ; *L'homme au camélia,* célèbre dandy.
3. Théophile Gautier (1811-1872).
4. Roger de Beauvoir (1806-1866).
5. Charles de La Battut (1806-1835) ; surnommé *Milord l'Arsouille.*
6. Joaillier célèbre ; 700F représente alors un an de loyer d'un appartement parisien.

Balzac – le pressent-il ? – l'a acquise dans un compte à rebours secret le jour anniversaire de son futur décès[1]…

Pour l'heure, il est vrai que sa canne lui procure surtout un orgueil enjoué. Il clame que tout le dandysme de Paris en est jaloux et – badin pour la badine – que jamais la queue du chien d'Alcibiade n'a été si remueuse ! Elle lui vaut aussi des caricatures. Par exemple, ce dessin de Daumier qui le présente, outrageusement cambré et tenant sa canne haut plaquée sur la poitrine comme un tambour-major. Peu flatteur. Ou encore la statuette de Dantan qui la lui glisse au bras, telle une grotesque massue. Le poursuivant d'ironie, à la suite de ses créanciers, elle le montre le crâne à-demi rasé pour leur échapper[2]…

Balzac accepte tout ceci avec une bonhommie matoise. À la réflexion, elle ne doit pas le surprendre ; lui l'ami d'Émile de Girardin, audacieux Trimalcion de la renommée. Comme lui, il sait qu'on ne rit que des choses et des hommes dont on s'occupe et personne ne s'occupe de ce qui ne réussit point. Bravo !

Quoi qu'il en soit, notre rencontre n'a jamais eu lieu. Les esprits sottement incrédules pourront rappeler que la date de ma mort coïncide avec celle de son abonnement : il n'a tenu qu'à peu que nous nous retrouvions. Balzac, n'a-t-il pas dit un jour que le héros de *La fille aux yeux d'or* était venu le voir en personne ? Ce héros, c'est moi, comme il m'a planté : à 22 ans, le plus joli garçon de Paris, armé de la beauté qui est l'esprit du corps, armé de l'esprit qui est la grâce de l'âme.

C'est ma première apparition en public. Un mois avant Waterloo, qui a relevé ici la coïncidence ? Un printemps pour un crépuscule. Oui, Balzac avait raison, il ne peut y avoir rien de grand dans un siècle à qui Napoléon sert de préface. D'ailleurs, avec mes compagnons nous nous sommes bien sentis, à cette époque, les frères cadets des colonels de trente ans qui derrière lui avaient dérangé toute l'Europe : puînés, tard-nés et déjà orphelins.

Il nous a fallu vivre avec cette fatalité : en quelques mois, nous étions passés du fait à l'idée, des combats de l'Empire aux joutes de salons. Nos aventures et nos défis asiatiques viennent de cette frustration dans une société retour d'exil ; d'habits retournés et habilement rebrodés. Tous nous ont en silence exhérédés de notre propre histoire. J'ai ressenti plus que quiconque l'étrécissement de l'avenir et des esprits comme j'en ai pressenti la portée médiate : les enfants de la main gauche voient leurs plus belles perspectives dans les périodes où le désordre s'est fait

1. Les 18 août 1834 et 1850.
2. Elle devait prétendument permettre à Balzac de présenter deux profils pour échapper, dans la rue, à ses créanciers.

mouvement. Cette main tient alors l'Egide ! Quinze ans de là et j'aurais fini Roi de Naples…

On le voit, ma rencontre semondée avec Balzac m'a plongé dans des réflexions profondes et je regrette qu'il se soit agi, en fait, d'une boutade destinée à un journaliste. Boutade, en vérité ? Qui peut en être assuré ? Balzac moins que quiconque qui n'a jamais renoncé à nous visiter autant qu'à nous convoquer : Horace Bianchon jusqu'à la fin, la demoiselle Grandville[1], moi… J'ai déjà rappelé ces comparutions croisées, l'ivresse des facultés morales qui transporte Balzac là où il semble vouloir être. À volonté, il se transfère à nos côtés, revêtant nos habits et contractant nos habitudes. Devenant autre, il entre dans nos milieux et il est nous-mêmes tout le temps nécessaire. C'est un don entier puisque sa vue pénètre aussi l'entendement d'autrui. Il peut sans effort et sans erreur placer sa pensée dans un marquis, dans un financier, dans un bourgeois, dans un homme du peuple, dans une femme du monde, dans une courtisane. Tout passe dans son esprit comme lui passe dans le nôtre.

J'ai été entouré de bien des hommes de talent et de pénétration, mais nul n'a jamais possédé cette formidable puissance. Quels sont ses moyens pour y atteindre ? Ce pouvoir de faire venir l'univers entier dans le cerveau ? Est-ce là un talisman par lequel sont abolies les lois du temps et de l'espace ? Dans les heures de repos que m'a laissées cette vie de Paris qui est un combat perpétuel, il me semble avoir pénétré non pas ce mystère, qui demeurera, mais suffisamment loin en lui pour y déchiffrer quelques-uns de ses moyens : ils tiennent du prodige et chacun, en s'ouvrant à la réflexion, ouvre un chemin pour l'homme d'État.

Tout d'abord, je l'ai dit, il y a cette faculté à pénétrer et vivre la vie des individus sur laquelle s'exerce l'observation. Elle saisit alors si bien les détails extérieurs qu'elle va immédiatement au-dedans. Par une forme de vampirisme nourricier et visionnaire sans exemple, elle creuse et sonde l'âme, le cœur, les entrailles, le cerveau ; l'abîme enfin que chacun a en soi.

Il y a aussi une intuition qu'on dirait divinatoire : c'est ce que Balzac nomme son don de seconde vue. D'un coup d'œil il prend un fait. D'un instant il ressort un monde ; car il le voit dans ses racines et dans ses productions, dans le passé qui l'a engendré comme dans l'avenir où il se développe. Ce don lui permet de deviner la vérité dans toutes les situations possibles ; de deviner vrai. Mieux encore ; d'inventer le vrai et de le prouver ensemble.

---

1. Balzac se félicitera du mariage de Félix de Vandenesse avec cette héritière richement dotée.

Il a décrit cette faculté, ressentie dès sa jeunesse, qui lui permet de vivre la vie de l'individu sur laquelle elle s'exerce ; de s'y substituer comme le derviche des mille et une nuits prenant le corps et l'âme des personnes sur lesquelles il prononce certaines paroles. Derviche, peut-être bien… mais plus encore Vishnou : Gautier écrira d'ailleurs que Balzac a le don d'avatar[1] et qu'il peut s'incarner dans un corps différent pour y rester le temps qu'il veut. Le don d'avatar ; c'est cela exactement. Et en tout cas pour moi il n'y a pas de doute : je suis *Narasimha,* l'homme-lion.

Et puis Balzac possède la faculté, sans laquelle le génie n'est pas complet, d'ordonner et de coordonner ses créations. C'est ainsi qu'il a entrepris de tracer la physionomie de notre époque en en peignant les principaux personnages et leurs milieux explicatifs. Un drame sans précédent qu'il a voulu à quatre ou cinq mille personnages. Même si nous ne sommes au final que la moitié[2] peu importe, car nous avons acquis des existences propres, placées chacune à l'intersection des lignes de vie de cette société qu'il aura portée toute entière dans la tête. Ses récits présentent ainsi tous les effets sociaux sans que ni une situation, ni une physionomie, ni un caractère d'homme ou de femme, ni une manière de vivre, ni une profession, ni une zone sociale, ni un pays français, ni quoi que ce soit de l'enfance, de la vieillesse, de l'âge mûr, de la politique, de la justice, de la guerre ait été oublié. Pour posséder cette perspicacité qui voit et qui déduit, il a fait converger ses observations en les disposant en rayons dans son cerveau ; comme si ce dernier était un miroir concentrique ; et en ne découvrant jamais un des points du cercle sans en observer les autres. Il a, dès lors, analysé tous les comportements, épousé toutes les mœurs, parcouru le monde entier, ressenti toutes les passions. Puis, il a rassemblé les traits de plusieurs comportements homogènes là où ils étaient ainsi que les faits engendrés par les mêmes passions. Il a aussi réuni les singularités de plusieurs caractères similaires. Il en a composé des types qui peuvent jouer, sous divers angles, tous les actes d'une scène dont Balzac a choisi les éclairages, l'organisation et la distribution.

Et alors l'univers s'est fait théâtre ! Dans une de ses lettres à Madame Hanska, qu'il m'a été donnée de lire, Balzac ne dit pas autre chose : *les mœurs sont le spectacle, les causes sont les coulisses et les machines ; les principes, c'est l'auteur*[3]. Dans ce théâtre, pas de steppes copeau[4] car Balzac

1. *L'Artiste* ; 13 mars 1835.
2. Un peu plus de 2500.
3. Lettre du 26 octobre 1834.
4. *Venir des steppes copeau* ; expression du théâtre : avoir un rôle de second plan, inutile.

est aussi le maître du jeu des réapparitions : pour qui nous rencontre, elles apportent dans leur sillage la réminiscence de tout ce qu'il sait déjà de nous comme le reflet trouble de ce qu'il continue d'ignorer. En nous retrouvant, parfois au simple détour d'une rue ou dans l'embrasure d'un salon, chacun peut découvrir que nous avons vécu nos propres aventures. Ou les deviner et alors leurs mystères eux-mêmes sont ceux de la vie. Ainsi parfaitement prouvés jusque dans les consultations, nous pouvons nous mêler à la foule des personnages secondaires pour donner un caractère indubitable à ce que Balzac appelle le mobilier social. Par ces réapparitions aussi, Balzac peut changer à sa guise la perspective d'un récit par celle d'un autre : sublime procédé qui déplace et reconstruit constamment la frontière du réel ! Nul ne sait plus s'il est dans la salle ou sur la scène.

Balzac a ainsi dépassé de beaucoup son projet de devenir un simple peintre plus ou moins fidèle, plus ou moins heureux, patient ou courageux des types humains. Il nous a créés véritablement, uniques et exemplaires, mobiles et quérables. C'est ainsi qu'il peut nous convoquer. Parfois jusqu'à la bousculade. Balzac aime ces cohues. Il les provoque même. Elles ne sont jamais gratuites, car ces foules rassemblent nos destins rappelés à chacun et mêlés entre tous. Quand se coudoient les ducs de Verneuil, d'Hérouville, de Lenoncourt, de Chaulieu, de Navarreins, de Grandlieu, de Maufrigneuse, les princes de Cadignan et de Blamont-Chauvry, le lecteur se tient à leurs côtés, flatté de déjà les connaître ou de pouvoir les deviner. Il est aussi un peu oppressé au milieu d'un tel rassemblement. Il sent la présence et la tension vivante du groupe pendant que son attention épie, sa mémoire cherche, sa curiosité sonde. Il brûle de s'approcher, de surprendre les apartés. Il veut si fort en être qu'il en est : se frotter de haute aristocratie en étant déjà un peu complice, n'est-ce pas un luxe non pareil ?

Je sais bien qu'il arrive que de subites éclipses obscurcissent parfois ces récits et ces rendez-vous ; qu'une accumulation d'incidents et d'incidentes les entravent. On peut même s'y égarer un moment. Mais, pour qui, comme moi, se promène librement parmi leurs articulations et leurs déroulements, le fil d'Ariane n'est jamais rompu ; comme les amers ne sont jamais perdus de vue. Jamais non plus la boussole ne se dérègle aux mille pôles qui les aimantent. Au contraire : ce qui entre drossé ressort miraculeusement manœuvré.

Quant aux recoupes du temps, qui parfois déroutent à la lecture, notre auteur le rappelle : il n'y a rien qui soit d'un bloc dans ce monde, tout est mosaïque. On ne peut raconter chronologiquement que l'histoire du temps passé, système inapplicable à un présent qui marche : le temps n'est complet que dans la simultanéité. Je compte dès lors pour peu un Sainte-Beuve et ses blâmes de porte-sifflet. Il se déclare souvent brimbalé. Nos apparitions multiples déplaisent à son sens de l'ordre et de l'orientation. Dixit : *on se retrouve à tout bout de champ en face des mêmes visages… on s'y perd et on n'en revient plus, ou si l'on y revient on n'en rapporte rien de distinct*[1]. Laissons.

Je suis intéressé, moi, par les moyens du créateur de passer sans se perdre entre nos mondes ; moyens sans précédent qui se conjuguent entre eux et aux différents temps pour mêler, dans une circulation continue, nos vies et la vie, nos sangs et l'encre dans un fabuleux *Et verbum caro factum est*[2] *!*

La main d'abord, qui transsude la vie et laisse les traces d'un pouvoir magique partout où elle se pose ; la main qui exhale une substance inconnue qu'il faut appeler volonté à défaut d'autre terme. Elle ne tient pas seulement au corps. Elle exprime en continu une pensée qu'il faut saisir et prendre. Balzac l'a dit plusieurs fois, ses œuvres *deviennent* sous ses doigts : la main se constitue le medium de l'esprit qui, par elle, entre littéralement en contact avec nous. Cette main qui est également inséparable du combat perpétuel avec la forme, ce Protée bien plus insaisissable et fertile en replis que le Protée de la fable. La lutte est menée plume à la main, sans relâche. Et comme toute bonne manœuvre, par colonnes : de larges feuilles où sont imprimées les versions successives, encadrées de larges marges blanches et que Balzac remanie sans cesse d'une écriture heurtée, pochée, presque hiéroglyphique pour entrer dans le réel.

Dans ce combat, ces colonnes s'enflent de cent apports vermiculés : des lignes partent du commencement ou de la fin des phrases et se dirigent vers les marges, à droite, à gauche, en haut, en bas et conduisent à des développements, à des intercalations, à des incises, à des épithètes, à des adverbes… Balzac refait l'exercice six, sept et parfois dix fois s'il le faut, s'approuvant ou se désapprouvant comme s'il s'agissait d'un autre, égarant ses correcteurs, paraissant se perdre et par là se retrouvant. C'est ainsi qu'il parvient à empreindre la pensée dans le fait et empreindre toute la réalité dans la pensée. Une forme de corps à corps avec soi-même qui serait en même temps une sublime gésine.

Et puis, il y a la fameuse canne ! Elle confèrerait à Balzac un don d'invisibilité. Pour Madame de Girardin[3], elle lui permettrait de circuler partout et d'entendre les secrets de chacun. De cette fable, elle s'empresse de tirer un roman où l'on voit le héros, Tancrède Dorimont, dérober à Balzac sa canne pour se dérober lui-même[4] ! Par cette puérilité, cette

---

1. *Premiers lundis* ; tome II.
2. *Et le verbe s'est fait chair.*
3. Femme de lettres (1804-1855).
4. *La canne de Monsieur de Balzac (1836).*

femme, pourtant son amie, l'aura bien mal deviné. Car Balzac possède sans ces secours, je l'ai dit, un don de spécialité : la faculté de pénétrer les choses du monde matériel aussi bien que celles du monde spirituel dans leurs ramifications originelles et conséquentielles.

Une autre légende, plus tard, dira que cette canne contient, dans un réceptacle secret, un œil de licorne qui fait toute sa puissance[1]. Là encore, billevesées ! Car en vérité, et c'est son véritable secret, cette canne nous relie à Balzac. Sous ses ferrures et ses dorures, dans l'âme de son bois précieux, se trouve une sorte de jonc sourceur, une tige endoscopique pour relier le monde imaginaire au monde palpable et dont il peut, par le bout, soulever les couches successives de l'état social ou le percer de part en part, jusqu'à nous. Comment cela opère-t-il ? Nul ne sait, si ce n'est peut-être Vautrin que l'on voit faire un usage étrangement réciproque de la sienne.

Pour le reste, l'artiste n'est pas lui-même dans le secret de son intelligence. Il opère sous l'empire de certaines circonstances dont la réunion est un mystère[2]. Seule certitude : il doit ressembler à Janus qui voit des deux côtés de la médaille humaine. Il peut ne pas tout dire et néanmoins tout savoir. Qui mieux que Balzac ?

1. *Le grand Balzac* (1846) ; Théodore de Banville, Charles Baudelaire, Auguste Vitu.
2. *La silhouette* ; 11 mars 1830.

Mon dandysme

Vivre est rare ; la plupart des hommes existent.
Rivarol

Depuis plus de quinze ans, je figure dans Paris le dandy par excellence, le dandy souverain. Nul n'a jamais contesté cette domination par l'apparence : domination en anecdote pour qui s'abuse ; en synecdoque pour qui me devine. Il me faut expliquer.

Dandy d'abord : je ne sais trop moi-même quand le mot s'est imposé en France. Il a été utilisé la première fois, me semble-t-il, pour désigner Brummell et il a passé la Manche avec son exil ; un an presque jour pour jour après Waterloo. Chez nous, il a trouvé la disponibilité fiévreuse d'une société recousue, au long fil de ses bouleversements, dans la tenue d'Arlequin : trois décades avaient libéré le regard et les esprits des ordres de l'Ancien Régime[1]. L'abbé de Maronis m'a tôt instruit sur la fin de ce monde où on reconnaissait à l'habit le seigneur, le bourgeois, l'artisan. Avec la fin des ordres, les vêtements se sont émancipés de leurs prescriptions pendant que l'individu se détachait de leurs proscriptions : celui-ci n'a plus désormais tenu sa physionomie et son destin que de lui-même. Et puis on a vu la carmagnole sans-culotte être jetée pour la cape consulaire et celle-ci pour l'étole brodée d'abeilles impériales. Le pied, lui, a marché en sabots, couru en souliers rapiécés, puis monté dans les meilleurs cuirs d'Italie, d'Espagne, de Russie... Après trente ans de conquêtes, de désordres et de gloire, nous avons porté les habits de la Révolution, les bottes de l'Empire et sommes allés dans des voitures d'Angleterre.

Pourtant, avec la restauration, la société est redevenue affreusement régulière. Elle s'est reconstituée, rebaronifiée, recomtifiée pour arriver dans un moment qui ignore s'il regarde le passé ou l'avenir et sous un règne qui blesse l'orgueil sans imposer son principe ; qui écarte les forces neuves sans les diriger. Un règne qui laisse chacun dolent et irrité. Pour ma génération surtout : on a vu la masse amorphe des jeunes gens

1. Décret du 8 brumaire an II : « *Chacun est libre de porter tel vêtement ou ajustement de son sexe qui lui convient* ».

former une lymphe tantôt mollasse tantôt grondeuse dans un état social où chacun devait à présent se distinguer faute de pouvoir s'illustrer.

J'en viens ici au dandysme : c'est dans et pour ce monde que chacun a dû se vêtir, à la recherche de ce qui était possible par l'apparence puisque plus rien ne l'était par ailleurs. Chacun s'est affronté muettement à son voisin dans une joute où à la fin les vainqueurs ont eu le droit de venir se cambrer, triomphants, aux marbres de cheminées.

Ce fut une lutte sourde des moyens comme des habits : chacun a été tenu de s'observer et de s'affirmer dans l'infini reflet de la nuance. Ce *je-ne-sais-quoi,* (que les italiens appellent *sprezzatura*) qui s'apprend avec les usages et dans leurs secrets commandements. Car les règles sociales ne sont pas toutes écrites : les plus importantes sont les moins connues. Il n'est ni professeur ni traité pour ce droit oral et sans appel qui régit les actions, les discours, la vie extérieure, la manière de se présenter au monde ou la façon d'aborder sa fortune. Faillir à ces lois secrètes, c'est rester au fond de l'état social au lieu de le dominer.

Oui, ce fut bien une joute ; et qui le demeure. Le vêtement y est armure, le gilet et les gants à la fois couleurs et défis. Et la cravate ? Au milieu de l'infâmante uniformité, elle est le *critérium* auquel on reconnaît l'homme supérieur. Avec Brummell, qu'on s'en souvienne, elle a été encore beaucoup plus que cela : une arme dont il a fait quotidiennement usage ; une arme propre à tenir en joue la *High Society* toute entière ; une arme pour traiter avec elle de puissance à puissance.

Elle a véritablement permis à ce roturier de donner au dandysme ses lettres de noblesse. Chacun se souvient des heures qu'il lui consacrait, chaque jour, dans son salon de *Chesterfield street*. Après son lever méridien et sa toilette, il se plaçait devant son miroir en pied. Il revêtait une de ses célèbres redingotes bleu nuit de chez *Schweitzer and Davidson,* rejetait sa tête en arrière et s'enroulait le cou, avec l'aide de son valet, d'une longue baptiste amidonnée. Puis, il rabaissait son menton très lentement pour qu'il se pose et se place dans le tissu en une parfaite et immaculée symétrie. Il parachevait l'ouvrage d'un nouage légèrement tiré, mais aérien ; laissant à ses pieds, entre adoration et adonisation, autant d'essais malheureux que de courtisans ébahis. Les uns affirmaient pour les autres sa liberté et sa supériorité. Tout comme les règles absolument neuves et paradoxales qui accompagnaient cette solennité intime : Brummell avait ensemble décrété la suprématie du luxe intelligent sur le luxe éclatant et l'injonction paradoxale d'être à la fois unique et irremarquable.

Il s'habillait de couleurs sobres et d'accords presqu'atones, avec la pénétration que le vêtement exerce ainsi une égale influence sur celui qui le porte et celui qui le voit. Il avait prononcé le fameux aruspice qu'on allait bientôt voir gravé aux frontons de tous les temples de l'homme élégant : dans l'habit, on ne doit avoir rien de neuf ni rien de vieux et l'allure ne doit offrir rien qui brille au premier coup d'œil. Pourtant l'ensemble doit attirer le regard. Sans jamais le retenir.

Associés à une insolence méditée, un dédain spontané, une ironie froide aux aguets, ces principes ont proclamé son défi aux règles et rangs de la Cour. Brummell l'a d'ailleurs lui-même confié un jour : *si je ne dévisageais pas avec insolence des duchesses, si je n'adressais pas un petit salut cavalier à un prince, on m'aurait oublié au bout d'une semaine*[1]. Dès lors, il a exercé une forme de souveraineté absolue et désinvolte qui a imposé le dandysme ; cette muette domination sans autre ascendant que sur soi, à l'exclusion insolente de tout autre. Il a établi une aristocratie aux armes aussi éclatantes qu'impalpables : elle réclame tous les privilèges de l'aristocratie tout en s'en moquant et elle affirme la permanence dans l'instant. Voilà pourquoi son fantôme de dandy marche encore parmi nous.

Il est surprenant qu'alors, en traversant la Manche, ce mot se soit si brutalement déprécié. Stendhal a traité le dandy d'*espèce de jocrisse* ; Musset de *fat épris de sa toilette n'ayant d'autre ressource que le nœud inextricable de sa cravate*. Balzac, lui-même, de *mannequin extrêmement ingénieux qui peut se poser sur un cheval ou un canapé*. Pis : le dandysme a d'abord été, sous sa plume, une *affection de la mode propre aux hommes sots*, des hommes ayant pour unique occupation de s'habiller, babiller, se déshabiller et d'organiser l'oisiveté de manière à être occupés. Beaux portraits !

Certes on écrira par la suite des choses plus bénignes ; mais qui ne devinerait l'embarras devant un terme qui va faire sa mystérieuse et puissante propagation. Pour finir par entrer dans le plus illustre des dictionnaires[2]. D'ailleurs, à la fin, chacun se rendra à me désigner comme le *roi des dandys*. Un hommage tardif, mais entier. C'est le moins : mon état est sans égal et je possède un entrain d'esprit, une certitude de plaire, une toilette appropriée à ma nature qui écrase autour de moi tous les rivaux. Pour cela, je sais la supériorité de la mise comme je sais que le vêtement est le plus énergique de tous les symboles. Il s'agit d'abord de plaire à l'organe le plus avide et le plus blasé qui se soit développé chez l'homme : l'œil ! *Captatio oculi !* L'apparence fait triompher. Elle se tient dans une succession d'apparitions frappantes qui emportent le jugement dans une région où il fait le don de sa soumission et lui rapportent en

1. Confidence à Lady Hester.
2. *Suppléments du dictionnaire de l'Académie Française (1835).*

retour des tributs bien réels : voilà où le dandysme et l'ambition s'embrassent, où le fat resserre son habit dans sa pensée.

Ici Grammont[1] rejoint Mazarin car si la question du costume est énorme, surtout chez ceux qui veulent paraître avoir ce qu'ils n'ont pas, c'est qu'ils savent que c'est le moyen de le posséder plus tard. Mais son pouvoir est aussi immédiat : qui peut croire que ce ne soit rien d'avoir le droit d'arriver dans un salon, d'y regarder tout le monde du haut de sa cravate ou à travers un lorgnon et de pouvoir mépriser l'homme le plus supérieur s'il porte un gilet arriéré ? Un homme supérieur ! Figurez-vous alors nos ambitieux, descendus de leur grenier ou de la patache, dépareillés et crottés… Dans cette académie d'atours, et plus souvent encore de contours, le vernis d'un soulier, le drapé d'un habit, sa silhouette et la blancheur d'une baptiste marquent l'intelligence et le talent. C'est ainsi que Rastignac, misérablement mis et voyant mon ami Maxime de Trailles dans sa splendeur, a pu comprendre l'influence qu'exercent les tailleurs sur la vie des jeunes gens (ici, je prends pour moi le mot de Maxime : *à Paris, la mauvaise coupe se boit jusqu'à la lie !*).

À l'inverse, le pincé d'une taille de chez Buisson ou de chez Humann, l'embu d'une épaule de chez Staub, l'emmanchure amincie d'une redingote de chez Uhlendorff, le dos fendu d'un manteau de chez Crémieux, un collet légèrement enroulé de chez Charvet, le reflet sombre et cambré d'une botte de chez Gay, une chaîne de gilet guillochée de chez Pradier : voilà des métamorphoses !

J'ai moi-même éprouvé le rôle presque talmudique du vêtement : il permet de traverser cette frontière où commence le triomphe des esprits supérieurs. La toilette est bien la plus immense modification éprouvée par l'homme social. Par elle, l'apparence construit sa réalité. Elle est aussi bien une armure intérieure que l'expressive enveloppe du caractère. Brummell l'a déclaré à juste titre : en s'habillant, c'est soi que l'on façonne ; et Musset finira par dire qu'un cœur de dandy ne bat bien que sous un gilet.

Pourtant, l'apparence seule ne peut longtemps ni soutenir ni se soutenir et il ne faut pas considérer le moyen pour le but ; *ni la partie pour le tout*.

Considérez mes épigones rassemblés sous la bannière dandy. Regardez-les comme Balzac les appelle : grands et petits, fats et forts, à bride ou à saute-ruisseau… Ils font grand bruit et grand effet dans leurs redingotes de satin noir, leurs fracs vert-saule, leurs pantalons à baguettes ou de casimir collant ; tous chaussés chez Sakosky ou Ashley ; coiffés par Michalon ; chapeautés par Gally ; gantés par

1. Duc de Grammont : élégant célèbre de l'ancien régime.

Gampé ; tous changeant trois fois par jour un linge immaculé, blanchi au quartier d'Antin ! Considérons-les ensemble, puisqu'il paraît qu'à eux tous ils forment un Satan moderne ; les Ronquerolles, Ajuda-Pinto, Vandenesse, Portenduère, Lenoncourt-Chaulieu, Mitgislas-Laginski ; ou encore nos Raphaël de Valentin, Désiré Minoret-Levrault, Amédée de Soulas, Georges de Maufrigneuse, Arthur de Rochefide, Calyste du Guénic, Fabien de Ronceret ; tous peints par Lepaulle, Brideau ou Grassou. Ils traversent la vie en bousculade, à grands pas placés ou glacés au verni Guitto. Ils dînent à mes côtés ou en bout de table, hauts de verbe et de regard, en chansons et en habits. Ils possèdent la désinvolture de la parole et l'aisance des manières comme ils affectent le mauvais ton aux heures choisies. Ils trouvent à brûle-pourpoint des réflexions profondes et légères. Ils ont de l'esprit à revendre – ce qu'on nomme le trait – et peuvent, tel un fakir qui serait aussi le Basilic, vous paralyser d'un regard fixe, insolent, filtré. Moi-même, je peux cruellement blesser d'un long coup de lorgnon.

Leur goût immodéré de la toilette est pour eux un symbole de supériorité aristocratique. Ils considèrent que le rendez-vous chez le tailleur est une grande affaire, presque religieuse. Ils ont de la grâce, de la folie, de l'esprit et des dettes. Ils jouent un jeu d'enfer comme de vieux diplomates, mais avec des allures séraphiques. Ils font leurs conquêtes avec la même fougue oublieuse que jadis nos jeunes colonels de vingt ans. Ils parlent en élégantologistes, avec une gaîté piquante, de la moindre nouveauté suffisamment futile et coûteuse pour mériter leur attention. Ils font partout du luxe pour se faire grand seigneur et bientôt des billets (dont ils feignent de se moquer : rien ne les effraie jusqu'à la dernière intimation chez l'usurier). Ils défient le monde, s'en font admirer pendant qu'ils méprisent ceux qui les admirent.

Ils se promènent et se promettent d'être *conquistadores*. Ils vont en voiture à quatre guides et d'une seule main. Ils fouettent l'air à grands coups de cravache gravée tout le long des noms successifs de leurs maîtresses.

Regardons-les parcourir cet *Eldorado* qui commence à Tortoni pour finir au bois. Chez Tortoni, appuyés à mi-corps contre la balustrade, ils glissent l'anecdote du jour, racontent le secret des coulisses, les bonnes fortunes qu'ils ont eues, celles qu'ils voudraient avoir eues. Chacun peut y saisir le fil d'une intrigue qu'il ne lâchera qu'au pied du sofa ou sur un pré. Ah ! Le beau moment ; le soir embrumé dans la fumée générale, quand cent estomacs digèrent, cent cigares brûlent ; quand les voiture roulent sans frein, quand les cuirs craquent et quand les cannes reluisent. Les chapeaux sont de travers, les gilets regorgent, les chevaux caracolent… À eux donc les longs soupers spirituels, les nuits sans sommeil, les liqueurs versées dans les bottes à la Souvaroff, les femmes sardanapalement dégrafées, le rire de tout sur tout, les tabacs et les vins exquis !

Mais parviennent-ils à autre chose qu'un état de brillante et bruyante oisiveté ? La prodigalité, la jeunesse, la morgue suffisent-elles ? Pour atteindre au dandy suffit-il de lire en se gaussant l'*Art du tailleur* de Monsieur Compaing[1] ? De se mettre au-dessus de tout en s'instituant juge suprême de tout ? D'afficher une fatuité splendide ? D'arriver au superlatif de sa toilette ? D'avoir le pantalon excessivement serré et de le monter si haut qu'il tire les sous-pieds ? Suffit-il de porter serrés ses gilets couleur scarabée ou, plus mirifiques encore, des souliers de prunelle ? De faire claquer souvent et fort ses gants jaunes ; de porter des chevalières en calcédoine, des anneaux d'améthyste, des joncs de macassar et de déclarer en baillant que le bon goût d'un dandy ne s'affirme nulle part plus délicatement que dans ses bagues ? De balancer alentour une fort jolie et joliment forte canne de chez Verdier ? D'être nonchalant des avanies et des désordres ? De collectionner les reliques précieuses d'un luxe épuisé (ces babioles que les anglais appellent *knick-knacks*) ? D'avoir la superfétation de la particule et de mordre bruyamment à la pomme du luxe aristocratique ? De porter, tout à coup, des moustaches aiguës comme celles d'un chat puis de les raser aussi brusquement avec le bout d'un sabre ? D'ouvrir sa boîte à priser toujours de la main gauche et au rôti ? De mettre des boutons en diamants, des plastrons guipés de chez Madame Irlande ? De se ruiner ou ruiner sa maîtresse avec une insouciance vraiment déshonorante ? D'être ironiquement tabacolâtre, le gosier gangrené par le cigare ? De s'ivrogner comme un fiacre pour s'écrier avec tumulte *des chevaux, des femmes, du champagne frappé* ! ? De préférer un camélia à la Croix[2] et de moquer bruyamment la mercerie versicolore des décorations diplomatiques ? De paraître deviner ce qu'on ne dit pas et ne jamais répondre à ce qu'on vous dit ? D'afficher tout à coup une tristesse vague dans laquelle rit un coin d'ironie ? D'épigrammer avec une feinte lassitude ? D'entrer à tout moment dans une conversation, de l'interrompre par un calembour et d'en sortir comme on sort par un trou qu'on a fait ? De ne croire en rien et de tenir au mot le persiflage qui domine nos changeants jargons ?

On ose, on dispose : cela pose, mais cela élève-t-il au dandy consommé ? Qui peut venir se reconnaître dans cette mystérieuse race qui ne procède pas de père en fils, mais possède d'elle-même les forces natives pour s'exhausser tout à fait ? Suffit-il d'avoir sa calèche à quatre

---

1. Publié en1828.
2. Allusion à Lautour-Mézeray.

chevaux parfaitement attelée ? De monter l'après-midi au bois ou d'aller sur son *high-stepper* en fouettant l'air avec une cravache tressée de crin et d'argent ? De bailler nonchalamment et narquoisement le soir dans son *boghei*, son *britschka*, ou son *tilbury* armorié ? Ou encore de parier, la lèvre immobile, à la Galerie des bois[1] ? De jouer un Whist d'enfer à son cercle ; de s'encanailler à l'Ambigu Comique ? De dîner pour trois cents francs au Cadran Bleu et d'être gris pour le double chez Véry ? De parcourir les Boulevards, cette Seine sèche, comme un Doge triomphant ? D'avoir les salons pour empire, les boudoirs pour apanage ?

Tout cela fait-il un véritable dandy ? Cela vous en donne tout au plus – atours et contours – la couleur et la silhouette de grand format et cela vous offre d'éphémères triomphes. En réalité, ils vous dérobent au destin.

Comptons pour presque rien ces pauvres hères tout corsetés qui ont l'air d'un mannequin habillé à la porte du tailleur. Ils sont empruntés comme un reçu de gage. Comptons pour moins encore le bureaucrate qui sort en habit noir, linge blanc, bottes éblouissantes et qui court les quatre coins de Paris sans rencontrer personne pour rentrer chez lui crotté, contrarié, éreinté. Enfin, comptons pour tout à fait rien celui qui prend ses habits, sa démarche et ses loisirs dans un almanach et qui pointe au crayon les commandements de ce qu'il croit être *fashionable : horresco referens* ! Balzac a ici raison : sans les intransmissibles manières, l'élégance travaillée est à la véritable élégance ce qu'est une perruque à des cheveux.

Or, son essentiel principe est qu'elle n'en a justement point d'établi hors d'elle : la table, les gens, les chevaux, les voitures, les meubles, la tenue des maisons ne dérivent que médiatement de l'individu ; là où la parole, la démarche, les manières procèdent immédiatement de l'homme et sont entièrement soumises aux lois de l'élégance. Car pour distinguer sa vie, il ne suffit plus aujourd'hui d'être noble ou de gagner un quaterne à l'une des loteries humaines ; il faut être doué de cette indéfinissable faculté qui nous porte à choisir les choses vraiment belles ou bonnes, les choses dont l'ensemble concorde avec notre physionomie, avec notre destinée.

Aussi, a-t-on bien observé jusqu'à mes plus proches suiveurs ? Nous avons reçu ensemble le baptême du vin de champagne et communié à l'autel de la Vénus Commode ; nous nous sommes fait confirmer par les doigts crochus du jeu. Pourtant, ils ne m'égalent en rien : ils se comportent, je me conduis. Je vis dans une sphère plus élevée que les autres hommes. Un lieu où se pratique la carrière secrète de l'orgueil

1. Du Palais Royal.

et le stoïcisme du luxe. Un empyrée où ne dore pas qui veut la barbe de bronze pour savoir seulement poudrer la sienne. Non, nul ne peut prétendre m'égaler.

Une seule exception, peut-être : Maxime de Trailles dont j'ai déjà parlé (et dont je reparlerai). Il s'est fait dandy le premier ; avec pour modèle Casimir de Montrond dont on sait que, soutenu par le jeu et l'intrigue, il dépense cent mille francs par an sans qu'on lui connaisse un seul coupon de rente ni une seule propriété. C'est pour cela que certains le surnomment l'Alcibiade des fripons ou encore le Prince des mauvais sujets. Moi disparu, je sais que certains diront aussi qu'il est un Mirabeau manqué.

Mais pour tous à présent, Maxime a tout ce qu'il faut pour séduire et pour dominer. Il possède une allure magnifique jusqu'à paraître honnête : un visage long et bourbonien, un très beau front, des yeux bleus, un nez grec, un menton bien coupé, un corps bien découplé. Il possède aussi toutes les grâces et les noblesses physiques de l'aristocratie. Personne ne l'égale dans sa mise, dans sa distinction de manières, dans l'effronterie des mots, dans la désinvolture : il tient le haut du pavé de la *fashion.*

Et puis Maxime est un habile écuyer formé dès douze ans comme page de l'Empereur. Il sait aussi conduire d'une seule main sa voiture à grands guides. Ses arrivées devant Véry, en soirée, sont un spectacle ! Après, Maxime brûle toute la nuit ses cigares au jeu. Toutes les tables sont siennes puisqu'il est le tyran de quatre ou cinq clubs parisiens et qu'il joue chez un certain Prince, grand seigneur et grand diplomate, qui n'est manchot que du pied. À la fin, il aura dissipé plus de sommes que quatre bagnes n'en auront volées pendant le même temps. C'est que Maxime est joueur dans l'âme : il en a la moralité en coupe et en chute.

Mais Maxime est aussi le plus habile, le plus adroit, le plus renaré, le plus instruit, le plus hardi, le plus subtil, le plus ferme des corsaires à gants jaunes, à cabriolets, à belles manières qui ont navigué et naviguent sur la mer orageuse de Paris. Et comme son modèle, Maxime s'y connaît en chevaux, en chapeaux, en tableaux. Comme lui, il monte comme un paladin et tue comme un spadassin. Mais à la différence de Casimir, Maxime possède sa tanière bien à lui. Une élégante garçonnière avec une belle adresse, cadeau d'Anastasie de Restaud[1]. Il possède surtout une adresse seconde ; celle qui ne recule devant aucune mesure tout en se mettant à l'abri du blâme : il n'a jamais manqué à l'honneur et paye scrupuleusement ses dettes de jeu.

1. Sœur de Delphine de Nucingen.

Il ne s'abuse pas pour autant sur sa considération. Il est là-dessus diogéniquement cynique. Maxime est un de ces hommes méprisés qui savent comprimer le mépris qu'ils inspirent par l'insolence de leur attitude et la peur qu'ils causent. Car, je l'ai dit, Maxime est un bretteur redoutable et chacun sait qu'il a tué deux ou trois hommes. Je connais bien ses dangereuses capacités et j'en ai fait un instrument solide et sûr, élégant et poli du pouvoir : il me doit sa position.

Moi je n'occupe pas de position : je culmine et je domine ; armé de ma force ; mais aussi de la fortune et du pouvoir qui sont aujourd'hui les deux seules puissances réelles. Qui les détient possède la sûreté de cœur et d'esprit, la liberté et la potence qui dispensent des brillantes soumissions et compromissions du dandysme. De la sorte, j'ai ignoré l'usure du temps et de la dette ; les postures et les impostures de mes émules, si brillantes fussent-elles.

En dépit des apparences, je ne suis jamais rentré paisiblement sous le joug des lois civiles. J'ai au contraire continué d'instruire ma secrète sagesse par les choses sans sagesse. Et si, très vite, je n'ai plus affiché de dédain pour autrui, c'est que je n'ai plus eu besoin de cette supériorité fausse envers ceux dont pourtant mes imitateurs quêtent l'approbation. Sans horoscope comme sans indécision, ma supériorité et ses arcanes se sont imposées. J'ai précocement cessé de m'étourdir, sans toutefois faire rien qui soit attendu, ni rien d'attendu qui soit promis. Sous la dissipation apparente, je me suis matricé.

Car pour être dandy triomphant, il faut certes afficher une grâce dispendieuse et une morgue insouciante ; mais on ne doit pas s'y résumer ; non plus qu'à jouir simplement du temps. Il faut aussi l'employer dans un ordre d'idées puissamment élevé avec, en dessous, quelque chose du fauve en attente. Comme lui, il faut tenir cet air de distraction qui cache l'observation ; il faut posséder sa majesté quand elle est la force qui ne s'abaisse jamais jusqu'à raisonner et qui peut d'un bond aller au sang : les détentes redoutables, la manducation prête. La vie comme une proie.

Oui, le dandysme a été pour moi une manière d'être et de conquérir. C'est pourquoi j'ai acquis, au-delà de l'apparence et de mon expression éloignée du sentiment, mes privilèges de puissance exorbitante et magnétiquement communicative. Ceux d'un être beau, spirituel, réfractant. Je suis un de ces diamants qui ne perdent rien en se laissant polir. Et comment mener un peuple sans avoir ces pouvoirs qui font le commandement ? On le dira un jour : je suis le condottiere du dandysme[1]. Nul besoin d'armure de Milan : sous cette cuirasse qu'on

1. *Portrait contemporains ;* Théophile Gautier.

appelle un gilet roule ma froide puissance. Ma main baguée salue ou caresse, mais sait frapper. Mon propos enchante au quotidien, mais sait blesser tout à coup : comme Brummell, je verse à doses parfaitement égales la terreur et la sympathie qui composent le filtre magique de mon influence. Servie par l'esprit français qui est le plus vif, le plus acéré de tous les instruments intellectuels, mon autorité est bien alors celle des despotes d'Asie.

C'est ainsi que j'ai conquis le droit de dire des impertinences par l'esprit que je leur donne et par la grâce des manières dont je les accompagne. Je séduis et je soumets. On m'aime et j'effraie. J'ai partout la certitude de tout faire plier sous un caprice !

De cela est née une séduction unique qui domine les deux sexes, mais surtout l'affirmation d'un incontestable pouvoir conquis sur le peuple femelle. Les femmes ! Elles n'ont jamais été pour moi que des moyens. Je ne crois pas plus à leurs douleurs qu'à leurs plaisirs et je sais que quand elles peuvent apprécier les qualités morales, elles en ont fini avec les dehors : elles sont vieilles.

Mais je possède, je l'ai dit, ce *je-ne-sais-quoi* qui leur plaît, dont ne se rendent pas compte les hommes eux-mêmes et qui tient à l'air, à la démarche, au son de la voix, au lancer du regard, au geste, à une foule de petites choses qu'elles voient et auxquelles elles attachent un certain sens qui nous échappe. À Paris ce succès est tout ; c'est la clef du pouvoir.

Et puis j'ai un autre secret qui ne fera sourire que les sots : j'ai toujours refusé de me laisser envelopper par le serpent de leurs correspondances. Ah ! Ces courriers ! Avec leurs froids calculs de cœur et leurs douces chatteries combinées, ils sont le moyen de vous perdre. Moi j'ai toujours mouillé mes billets d'eau pour faire croire aux larmes ; riant de bon cœur et jetant les autres dans un coffre aux lettres d'amour où mes amis pouvaient puiser en attendant que j'ai fini ma toilette ou de mettre mon col. *Aquila non capit muscas*[1] !

Pour triompher, j'ai donc bien d'abord soumis mes triomphes. Malgré les apparences, je ne me suis pas contenté de pratiquer sans contrôle et sans boussole une religion de vanité, d'égoïsme, de plaisirs et de séduction. Ni de simplement hausser le carcan de ma cravate au seuil d'un boudoir comme les autres jeunes gens ennuyés par la vie plate de la Restauration. Au contraire, j'ai conçu qu'il fallait conquérir sans se perdre ; s'admirer sans se leurrer. C'est pourquoi la toilette n'a jamais été, pour moi, étrangère à la politique. Elle est même profondément et toujours politique. Elle utilise les mêmes symboles, joue des mêmes compromis, réclame les mêmes suffrages qui s'intersectent sur les invi-

---

1. *L'aigle ne prend pas les mouches.*

sibles longitudes de notre géographie sociale. Pelham[1] dit bien, avec sa sagace légèreté, qu'un homme profond ne doit pas s'habiller pour aller chez sa maîtresse comme pour aller chez un ministre ni se présenter chez un oncle avare avec le même costume que s'il rend visite à un fastueux cousin.

Un vêtement malheureux peut même vous placer dans une situation dangereuse. Il n'y a pas de diplomatie plus subtile que celle de la toilette. D'ailleurs, Balzac le remarque lui-même avec finesse : quand notre grand critique Claude Vignon[2] est fait Maître des Requêtes[3], il change son chapeau à bords larges pour un chapeau de coupe juste-milieu.

Mais Balzac essaye aussi, selon sa manière, de donner l'apparence d'un système complet à ses réflexions en écrivant que l'élégance est le laissez-passer qui ouvre les portes d'une nouvelle aristocratie à l'anglaise : la naissance du faubourg Saint-Germain accueillant la richesse de la Chaussée d'Antin pour, à leur tour, accueillir toutes deux le talent du faubourg Saint-Honoré ! C'est naïf et cela ne lui ressemble pas : l'élégance seule ne mène pas plus loin qu'aux terrasses des boulevards ou dans la couche des lorettes. Le laissez-passer qu'il imagine n'est rien sans le chemin le plus habilement tracé, sans le projet le plus mûrement tenu. Il faut avoir un objectif, bâtir des plans, s'assurer des alliés. Avancer le pied à pas sûr. Surtout s'il est finement chaussé : il glisse plus vite dans la boue ou le sang. N'est-ce pas d'ailleurs notre auteur lui-même qui rappelle, à juste propos, qu'on ne doit jamais se présenter chez qui que ce soit à Paris sans s'être fait conter par les amis de la maison l'histoire du mari, celle de la femme ou des enfants, afin de n'y commettre aucune balourdise ? Alors ?

Moi, je suis mondain pour conquérir le monde. Je n'accepte la puissance de ses fatuités que parce qu'elle me promet la fatuité de sa puissance. Et d'abord je n'oublie jamais que l'Histoire est un cimetière d'aristocraties. Pour survivre, il faut entrer et rester dans le jeu du pouvoir. Il faut calculer, s'ajuster et contrebattre sans cesse : nul vainqueur ne croit ni au hasard ni au repos. On serre chaque jour son gilet comme on serre ses plans : à froid et en regardant loin. C'est la condition pour ne jamais devenir à son tour un Montriveau[4], jadis dompteur de Circé et aujourd'hui Hercule sans emploi. Ou comme Brummell. Ou comme Orsay, tous deux un moment triomphants, mais tous deux sans force coefficiente et sans vues projectives. Et tous deux à la fin perdus

---

1. *Pelham ou les aventures d'un gentleman* ; Edward Bulwer-Lytton.
2. Précédemment rédacteur et critique au *Journal des Débats*.
3. Au Conseil d'État.
4. Armand de Montriveau ; membre des treize. Ensorcelé par la duchesse de Langeais.

par l'embonpoint et le jeu, mais surtout de n'avoir pas su percevoir et jouer la partie du pouvoir à prendre.

Car il faut être un joueur au tapis vert de la politique. Bien plus que Rastignac, j'en connais les cartes et je sais quand elles doivent être retournées ou soufflées. J'ai le coup d'œil miraculeux qui devine tout ce qui reste obscur à l'homme commun. Mais aussi, je ne joue jamais selon les règles de la Société dans laquelle je suis forcé de vivre car alors ce serait être perdu. Vous en doutez ?

Prenez encore Maxime de Trailles : il ne se maintient encore que par un prodigieux mélange de méchanceté, de bonhomie apparente (ne laissant pas voir l'épouvantable parti pris qu'il a sur toute chose) et de certains services rendus à de très hauts personnages ; mais qu'une mauvaise veine peut à chaque instant perdre. Il sait qu'une fois envoyé en prison ou à l'étranger par quelque lettre de change intraitable, il tombera dans le précipice où l'on peut voir – au fond – tant de carcasses qui ne se consolent pas entre elles. Malgré son allure insolente, malgré son habileté, il n'a employé ses dons que dans une sphère cachée, n'a triomphé que dans les boudoirs et les cabinets. Dès lors, sans fonction ostensible, il lui est impossible de mettre le couteau sous la gorge à quelque ministère pour se faire nommer Pair de France.

Et Brummell ? Bien que je le proclame moins, je l'ai connu tout autant que Balzac[1]. Comment ne pas se pincer épigrammatiquement les lèvres en voyant l'immortel créateur du luxe anglais avec un embonpoint égal à celui de George IV[2] ; ruiné au point de porter par économie des cravates noires et des boutons en chrysocale ! Demain, en haillons, il sera emprisonné pour dettes avant de mourir à l'hospice. Quel funeste chemin, des ors aux oripeaux.

Et Orsay ? N'échappant à la prison que grâce à *l'Orsay bill* et finissant, pour vivre, sculpteur de salon ! Tous les cœurs commandés puis des commandes à livrer ! Qui a véritablement réfléchi aux causes de ces déchéances ? De ces destins qui bedonnent ? Qui n'a pas vu de ces dandys déchus qui ont brûlé sous les roues d'un char élégant le pavé qu'ils nettoient ? Ils tenaient leur pouvoir d'un composé aussi puissant que volatile : l'ironie, qui est un acide et la grâce qui est un fondant. Ils ont négligé le temps qui a déformulé cette alchimie. À la fin, l'attrait s'en est évaporé comme l'indulgence se dissipait. Le crédit s'est épuisé et l'usurier est apparu.

---

1. Ironique : la prétendue conversation de Balzac avec Brummell, relatée dans le *Traité de la vie élégante*, a lieu en 1829 ; Brummell ne se rendra à Paris qu'en septembre 1830.
2. D'abord protecteur de Brummell quand il était Prince-régent ; puis brouillé avec lui (1762-1830).

J'ai conçu et ouvert, moi, un chemin différent, autrement plus captivant. Je ne sais si ma destinée a été faite par un poète, mais je suis assurément le premier de ces êtres indomptés qui façonnent tout à leur guise, perpétuellement triomphants dans la lutte entre l'égoïsme social qui blesse et celui qui fait souhaiter ses jouissances. Et, si j'ai écrit que le dandysme seul ne peut assurer ce triomphe, il donne en revanche – parce qu'il est à la fois volonté et volition, discipline et jouissance – une puissance de liberté.

Il vivifie quand le calcul dessèche, le succès engraisse et les honneurs abêtissent : ceux qui n'ont rencontré que l'ambition arrivent au but *tués*. Alors qu'avec moi, le dandy a un style parce qu'il a un destin. Souverain, il commande à la fin parce qu'il se commande au début. Il se corsète et il se projette. Comme chez les anciens, son paraître rend continuellement tribut à son être et non à l'inverse comme chez les fats. Il est invention permanente de soi parce qu'il est à chaque instant dépassement de soi : jamais je n'ai abaissé la mire pour la mise ; jamais je n'ai cessé, au milieu des plus exquises ou asiatiques jouissances, de vouloir ni d'obtenir ; quel qu'en soit le prix.

Nitor in adversum[1] ! Là où d'autres trébuchent ou se résignent, j'ai avancé ; appliquant ma volonté à l'énergie et incessamment celle-ci à mes combats. Chacun pourra me juger ; personne ne pourra nier leur succès comme la détermination de mes plans. Non plus que leur sagacité, car je n'ai jamais feint d'oublier que la vie est une suite de stratagèmes. Il faut les étudier, les suivre pour arriver à se maintenir toujours en bonne position : la puissance de calcul au milieu de ces combinaisons est le sceau des grandes volontés. C'est avec cette puissance et cette volonté que je me suis tôt mis dans les rangs de ceux qui ont renversé le vieux système. J'ai précocement compris que la Restauration n'avait rien restauré de ce qui devait la soutenir et tout négligé de ce qui aurait pu la sauver : les nouvelles puissances d'argent, d'industrie et de presse. Elle avait renversé les termes de la proposition qui commandait son existence : au lieu de jeter les insignes qui choquaient le peuple censitaire pour garder secrètement la force ; elle avait laissé la bourgeoisie saisir la force et se cramponnait funestement aux insignes.

Moi, mon idée était faite, mon plan dessiné et mon chemin tracé : il fallait que le pouvoir passe de ses mains raides et affaiblies dans celles souples, avides et fermes des nouvelles forces. En vérité, il était nécessaire que tout change pour que rien ne change. Alors, avec mes amis, j'ai fait une Révolution en arrêtant son cercle avant qu'il ne touche au désordre de la canaillerie. J'ai basculé un trône sans rien bousculer. J'ai

1. *Dans l'adversité, lutte.*

installé une oligarchie où demeure une pensée fixe de gouvernement et qui dirige depuis lors les affaires publiques dans une voie droite.

C'est trop peu ? Un escamotage après trois jours d'insurrection ? Je n'ai pas fondé une Icarie ? Le nouveau règne sent sa pièce de cinq francs plus que son Louis ? Son étamine plus que son hermine ? Le trône est posé sur un comptoir ? Nous tenons nos adversaires par le licou de l'apostasie ? Allons donc ! J'ai déjà tout entendu de ceux qui n'entendent rien. De ces esprits à vue courte qui ne voient que *l'aurea mediocritas* du nouveau règne. Admettons cependant : je dois et vais m'expliquer sur une entreprise qui vient de beaucoup plus loin et va bien au-delà des critiques et vaticinations. Celles de Balzac en particulier, coiffé d'idées légitimistes sous le peigne de Madame de Castries[1] (peigne aussi brèche que la bouche de notre auteur). Je peux bien admettre : je n'ai pas eu à me raser la moitié du crâne[2]...

1. Claire de Maillé, duchesse de Castries (1787-1866). Figure mondaine et légitimiste.
2. Allusion ironique à la tonsure d'humilité, mais aussi à celle de Balzac.

Mes décrets politiques

L'égalité moderne a développé dans la vie privée, sur une ligne parallèle à la vie publique, l'amour propre, l'orgueil, la vanité ; les trois grandes divisions du moi social.

Balzac

À lire ce qui m'a été consacré, je m'aperçois encore que très peu a été écrit sur les ressorts profonds qui ont animé mon ambition ; puis plus tard sur ceux qui ont motivé mes actions publiques. On s'est pourtant fait fort d'assombrir la première et d'accuser les secondes.

Le plus souvent, mes annales se résument en de coupables épisodes, conclus en épitomés dont on fait défiler les noirceurs à la flamme étroite de la morale : il est commode alors, pour mes contempteurs, de battre leur briquet et prétendre éclairer mes ténèbres. Il leur suffit de simplifier mes réflexions et d'outrer mes caprices. Mes récits sont ainsi devenus, pour beaucoup, la somme de mes méfaits. On y souligne, chaque fois qu'on le peut, mon cynisme, ma dureté et mes jouissances. On abrège mes idées, mes sentiments et mes hauteurs. C'est ainsi qu'on a pu me montrer si souvent viveur et mondain, sans que presque rien ne soit révélé de ma vie ni de mes vues sur le monde.

Je dois, tant qu'il m'en reste la force, préciser les uns et les autres : on m'a laissé formuler mes tactiques sans laisser entendre mes combats. On a également accusé presque tous mes actes ; ce qui est encore moins que pour tous ceux dont on a effacé les motifs ; sauf les plus noirs. Jusqu'à mes affections qui apparaissent commandées par le dédain ou ternies par l'intérêt…

Puis, après que je suis devenu le plus influent personnage de la politique bourgeoise intronisée en juillet 1830, on m'a établi tout aussi uniment homme d'État avec une pensée profonde et glaciale ; sans autre désir que le pouvoir pour lui-seul, pour soi-seul et sans autre humeur que de calcul. L'ai-je assez entendu, *Henri de Marsay est un froid calculateur* ! Soit ! Mais qui peut prétendre me prouver sans savoir la formule algébrique ? Oui ! Ma maladie, avec ses progrès aussi mystérieux que rapides, réclame qu'à présent je m'explique : cette explication est encore un combat. Le dernier je le pressens, mais pouvait-il en être autrement ?

Que mes amis toutefois se rassurent et mes adversaires s'y résolvent : je ne dirai rien de plus que ce qui est nécessaire pour rétablir ma vérité. Même si elle n'est pas toujours à mon avantage, elle n'est jamais manichéenne dans ce monde où tout principe se trouve constamment semblable et dissemblable à lui-même en chaque être ; où tout est bilatéral dans le domaine de la pensée. Chaque idée a son envers et son endroit : pourquoi en serait-il autrement pour moi ? Cela va assurément contrarier ceux qui se sont toujours plu à m'enténébrer tout comme ceux qui, plus généralement, se plaisent à ne voir les choses qu'en blanc ou noir. Étonnamment, ce sont les mêmes qui semblent vouloir ignorer que le monde à mon entour est uniquement hanté de blonds et de bruns[1]. Quelqu'un en doute ? C'est pourtant bien dans et pour ce monde qu'il m'a fallu forger mes armes et mes maximes de conduite. Je n'y ai pas failli.

La première commande toutes les autres : qui veut s'élever au-dessus des hommes doit aller, chaque jour, à une lutte sans merci. Elle signifie ne rien rendre et ne jamais se rendre ; car la société s'est arrogé tant de droits sur l'individu qu'il lui faut la combattre. Pour celui qui ne veut pas se laisser prendre dans l'engrenage de sa terrible machine, ses expressions ne laissent le choix qu'entre la révolte et la lutte. Vautrin, ce Prométhée du bagne, a tort quand lui ne voit de choix qu'entre une stupide obéissance ou la révolte : pour moi, la révolte a toujours été vaine, avec son cortège de désillusions ; et l'obéissance une résignation, ce suicide quotidien.

Il reste le combat ; à la fois but et moyen, liberté et discipline, péril et récompense. On se cherche et l'on se trouve dans l'assaut. Il faut s'emparer pour n'être pas désemparé. Surtout, il ne faut pas, comme le pauvre Musset par exemple, se jeter dans la mer affreuse de l'action sans but. Alors, oui ! J'ai vécu une vie de flibustier en gants jaunes. Sous ma seule étoile et sous mon propre pavillon, je suis allé d'abordage dans cette course. Dans l'océan de mesquineries fausses qu'est le monde, on m'a vu souriant et maudissant, avec le défi pour prise et le mépris pour butin. J'ai pu être cruel et je sais que certains de mes actes continuent de choquer. Je ne les renie pas. Oui ! Mes arrêts de mort, même prononcés à la légère, sont demeurés irrévocables. J'ai acheté des corps, des filles à leurs mères, des complaisances et plus tard des consciences. J'ai jeté un cadavre de femme à la mer, puis fumé insolemment mon cigare. J'ai ourdi des assassinats et proclamé des meurtres. J'ai commandité pour arracher ce que la vie me refusait. Oui ! Je n'ai pas regardé aux mains qui me secondaient ni au sang qui tombait sur mes bottes. Après

1. Il y a très peu d'autres chevelures dans la comédie humaine.

quelques soins d'ailleurs, leur glaçage y a gagné. On le voit : je ne me repens de rien.

Je crois, je l'ai dit, à la force de l'acte accompli. Je ne suis pas de ceux qui préfèrent la pensée à l'action, une idée à une affaire, la contemplation au mouvement ; ni de ceux qui tombent dans la délibération des moyens sans jamais s'en relever : j'ai une profonde antipathie pour ceux qui pensent au lieu d'agir. Tout comme je me défie des moralisateurs : beaucoup de gens aiment mieux nier les dénouements que de mesurer la force des liens, des nœuds, des attaches qui soudent secrètement un fait à un autre dans l'ordre moral. Enfin, je sais que le résultat fait en tout la loi : la société est à genoux devant l'homme fort comme elle est sans pitié pour les agneaux.

Voilà aussi pourquoi la méchante politique me répugne. Celle d'un Charles de Vandenesse[1] par exemple, qui travaille sans projet à se faire froid calculateur ; rôle triste entrepris dans le seul but d'obtenir ce que nous nommons aujourd'hui une belle position. Il finira sottement marié avec quatre enfants.

Car si après mes actes cruels je me suis fait homme d'État c'est avec, gardé au cœur et fardé aux lèvres, un autre principe : dompter et ne jamais obéir. Et celui d'aller plus loin, plus vite et plus haut que la commune passion de s'élever de mes rivaux ; cette ambition instinctive et si souvent mollasse, perpétuelle révélation de notre destinée terrestre. Il est vrai que j'ai eu deux puissants moyens à mon service : la liberté intime des enfants naturels et ma richesse : ma bâtardise et l'or pour parler net. Je leur dois cette force au centre de soi-même qui, projetée sur la société, assure le triomphe véritable au-delà du seul succès. Unique de mon espèce dans ce monde où l'aplatissement des mœurs va croissant, je me dresse au-dessus des règles, des intérêts et des avidités du commun ; surtout je triomphe dans la bataille horrible, incessante que la médiocrité livre à l'homme supérieur.

Je n'ai ainsi jamais été (et jamais pu être) un de ces hommes qui comprennent dès le jeune âge les espérances que leurs parents placent en eux et qui se préparent une belle destinée en calculant déjà la portée de leurs études et les adaptent par avance au mouvement futur de la société pour être les premiers à la pressurer. Je ne suis pas non plus de cette espèce amphibie qui tient autant de l'homme que de la femme, plutôt couvert de boue que taché de sang et qui se glisse entre l'usurier et le boudoir. Pour moi, la vie n'a jamais été dettes et intrigues, mais joutes et prises.

---

1. Frère aîné de Félix (1789-1844) ; *Béatrix*.

Dans mes combats, je n'ai jamais ressenti la peur, ce sentiment morbifique. Pas à demi : totalement. Je l'ai tué en moi comme à Sparte. C'est sans doute pourquoi on dit que ce sentiment ne m'a jamais effleuré : je tiens ma lame. De fait, si on relit mes récits, on ne trouve nulle trace de crainte ou de désarroi. Nulle part. Bien plus, la peur n'a jamais été ma compagne parce qu'elle a été mon alliée : elle sert et gage le succès de ceux qui ne baissent les yeux devant personne et savent que ce n'est pas le péril qui la promet, mais elle qui le permet. Moi, mon regard ne se baisse ni ne révolve jamais. Comme celui de Talleyrand, il possède une espèce de voile impénétrable sous lequel l'âme forte cache les plus exacts calculs sur les hommes, les choses et les événements. Il voit pour diriger, portant toujours devant soi une idée de plus que n'en ont les gens les plus remarquables. Quand, après ma mort, on nommera des rues d'après moi, on honorera ce regard lucide, cette volonté visionnaire et farouche qui écartent le sentiment toujours trompeur.

Tout aussi, s'il y a demain des rues Balzac, le passant devra se souvenir que son pavé repose sur la boue et sa chaussée sur l'égout ; et que comme il y a deux étages sous nos pieds, il y a deux histoires : l'histoire officielle, menteuse et l'histoire honteuse, secrète où sont les véritables causes des évènements. Aujourd'hui vaut pour hier, car nous vivons dans une époque où tout le monde croit à la vertu et où personne n'est vertueux ; où partout la fondation des probités s'enjambe sur la fondrière des mœurs. Dans cette époque lâche et voleuse, l'honnêteté est un leurre comme le mépris un devoir. On s'est récrié à mes duretés ? Elles en sont le résultat. Autant que des calculs qui m'ont instruit avant de me guider : j'ai toisé précocement la largeur des turpitudes humaines et posé les trois grandes divisions du moi social : l'orgueil, l'amour-propre et la vanité.

Dans une pénétrante symétrie, Balzac dira de son côté qu'il existe dans notre société trois sortes d'hommes – le prêtre, le médecin et l'homme de justice – qui ne peuvent non plus estimer le monde. Ils ont des robes noires parce qu'ils portent le deuil de toutes les vertus, de toutes les illusions. Seul le Père Herrera a, semble-t-il, trouvé dans ses blasphèmes la force de l'intime subversion[1]. Comme lui, j'ai réfléchi à la constitution actuelle de notre désordre social ; moins bruyamment, mais plus profondément. Pour qui s'est jeté dans tous les moules sociaux, les convictions et les morales ne sont plus alors que des mots sans valeur. Dans ce monde, chacun triomphe comme il peut, les impuissants seuls ne triomphent jamais.

---

1. Carlos Herrera *alias* Vautrin.

C'est ainsi qu'on me retrouve au-dessus de la stupide juridiction des masses. Après, les hommes comme moi, assez forts pour monter jusqu'à la ligne où ils peuvent jouir d'un coup d'œil des mondes, ne doivent pas regarder leurs pieds. De là, ma morale qui a tant choqué ; moins pour elle-même que par ses revendications de froide supériorité.

C'est que je ne vais pas hypocritement entoilé de noir, moi. Je ne feins pas de m'effaroucher du vice, car je sais qu'on fait ici son chemin par l'éclat du génie ou par l'adresse de la corruption. La corruption est en force et le talent est rare. Je suis ce talent (même si pour moi le mot de vertu en politique est un non-sens). On se récrie ? Les faits parlent plus haut que mes contempteurs. J'ai toujours agi en homme suréminent : la pensée circumspective, libre des contingences, des embrouillements et des hypocrisies. D'ailleurs, à la réflexion, il ne faut rien retirer à l'aphorisme qui a tant choqué les beaux esprits, *un grand politique doit être un scélérat abstrait sans quoi les sociétés sont mal menées*. Voilà pourquoi rien jamais ne m'émeut et qu'aucune advertance n'a de prise immédiate sur moi. Voilà pourquoi je peux librement dire que Fouché est un génie ténébreux profond, extraordinaire, peu connu, mais génie certainement égal à celui de Philippe II, de Tibère et de Borgia. Voilà aussi pourquoi, quand je cite Richelieu[1], j'annonce mes actes. Malgré les apparences, ou peut-être à cause d'elles, je tiens en vérité beaucoup plus des grands prélats politiques que d'un Machiavel ; même si on rapporte que Balzac, voulant créer le sien, me postulera[2].

Le lignage surprend ? Les temps et les états sont différents ? C'est vrai. Les dangers aussi. Aujourd'hui, c'est l'esprit que l'on aiguise et non plus les poignards. Pourtant les instructions cardinalices sont comme à moi-même. J'ai d'abord studieusement appris, sous la férule de mon précepteur, les vies de Richelieu[3] et de Fleury[4] ; de Retz[5]et Mazarin[6] . Puis, j'ai lu plume à la main leurs bréviaires et leurs mémoires. Enfin, comme eux tous, j'ai fait mon miel de *l'Oraculo Manual*[7] (les jésuites ont passé ; le jésuitisme est éternel). Tous m'ont instruit.

Comme Richelieu, j'ai toujours pensé et agi en homme de gouvernement, propre à calculer la portée de tout. Sans repos. J'ai construit

1. *Une autre étude de femme.*
2. Projet de pièce de théâtre inspirée du *Prince* de Machiavel (lettre à madame Hanska du 16 juillet 1844).
3. Armand du Plessis ; Cardinal de Richelieu (1585-1642).
4. André Hercule Fleury (1653-1743) ; Cardinal et Premier ministre de fait sous Louis XV.
5. Jean-François Paul de Gondi ; Cardinal de Retz (1643-1679).
6. Jules Raymond Mazarin (1602-1661).
7. Balthazar Gracian y Morales (1601-1658).

en mon for intérieur un être froid et désintéressé sachant placer ses affections derrière ses intérêts et, eux ensemble, sous ceux supérieurs de l'État. Pour le bien du Pays, j'ai su me considérer, chaque fois qu'il l'a fallu, au dessus des lois générales et manifester cet esprit de décision qui est presque toujours l'art d'être cruel à temps.

Comme Fleury, je me suis très tôt donné pour but le pouvoir, sans d'abord le montrer. À son exemple, j'ai fait de ma mémoire une bibliothèque de ruses et de mensonges. Comme lui, j'ai su fixer longtemps mon objet avec le regard bifrons et implacable qui voit devant aussi bien que derrière soi. J'ai appris que la finesse qui réussit toujours est la plus grande de toutes les forces. Son exemple m'a enseigné qu'il n'y a pas de situation si redoutable dont on ne vienne à bout à force de patience. J'ai pris sa main souple et ferme au grand jeu d'honchets de la politique et son génie déterminé du moment : qu'on se souvienne dans quelles circonstances je me suis mis dans les rangs de ceux qui allaient gagner un trône à la grande loterie de la Révolution et comment je me suis alors promis d'obtenir un portefeuille de ministre dans les cinq ans.

Il est vrai qu'aussi Retz m'a instruit sur l'importance de circonstances : la politique est une science sans principe arrêté, sans fixité possible ; elle est le génie du moment, l'application constante de la force suivant la nécessité du jour. L'art politique tout entier se tient dans celui de les saisir. *Inservire temporibus*[1] ! De lui, j'ai surtout retenu que quand tout paraît perdu, il faut faire triompher les apparences sur l'inévitable. Je saurai m'en souvenir quelquefois.

De Mazarin, j'ai emprunté beaucoup plus. En premier lieu, une forme d'obliquité affable qui ne laisse jamais voir son jeu et qui est sa méthode de pouvoir. Je suis étonné que personne ne l'ai relevée. Amène et celé, je vais moi aussi vers les autres en homme double, le visage ouvert et l'esprit pénétrant. Je pratique à son exemple, dans l'arène parisienne, le *volto sciolto, pensieri stretti*[2] de la Curie romaine, de la Cour de Mantoue et du municipe florentin. Mais notre Cardinal laïc[3] m'a appris bien d'autres choses. Cette vérité simple d'abord, que beaucoup semblent négliger : on ne peut à la fois vaincre et fuir le monde. Je sais, moi, comment et pourquoi il faut continuer d'y aller en souriant quand bien même on sait son ignoble secret. Comment il faut y feindre les sentiments qu'il attend pour obtenir tout ce qu'il ne donne qu'avec difficulté et jamais sans ruse ; pourquoi on est forcé d'y faire des politesses à ses plus cruels

1. *S'accommoder adroitement au temps.*
2. *Visage ouvert et pensées celées (italien).*
3. Mazarin a reçu la barrette sans avoir été fait prêtre.

ennemis et souvent d'y sacrifier en apparence ses amis pour mieux les servir (j'ai eu à déjouer, moi aussi, ma conjuration des puissants[1]).

Voilà pourquoi la première précaution est d'y cacher la route suivie et l'objectif réel pour n'être pas pris et broyé entre deux charrettes pleines d'intrigues sur la grande route du pouvoir. Aussi, jamais je ne me suis engagé dans un unique chemin ni n'ai révélé totalement mon ultime direction. Il m'est même arrivé de revenir sur mes pas pour mieux égarer et de jouer force dissipation pour avancer en secret mes étapes. J'ai aussi longtemps formulé mes capricieuses et vaines maximes pour égarer les défiances ; un peu comme un abbé Grisel[2] frappé d'esprit et ne parlant que par citations bibliques. *Nullum numen abest si sit prudentia*[3] *!* Même Balzac s'y est laissé prendre (je ne parle pas du clan Vandesesse et du parti-prêtre !)

Je ne dis jamais rien non plus qui soit définitif ou trop clair. Sauf à mes amis les plus sûrs et encore le plus souvent en charade. C'est sans doute pour cela que Paul de Manerville n'a compris mes projets qu'une fois embarqué pour les Indes (et irrésolument comme toujours ; sans quoi il aurait fait demi-tour pour m'accompagner dans leur succès). Oui, comme Mazarin, j'ai toujours su ménager, en souriant, mes issues et sourire quand je voulais grimacer. J'ai sondé les chausse-trappes et progressé d'un pas circonspect, alenti : je ne brusque jamais une affaire quand elle est d'importance. Je sais que pour arriver à la fin éloignée, il faut passer par la fin prochaine. J'avance alors sans hâte et presqu'invisiblement, ce qui parfois surprend, mais explique que je sois passé sans coup férir des salons au Pouvoir. J'exagère un peu, il y a bien évidemment eu des luttes ; mais j'ai alors, comme *Monsignore*[4], pratiqué avec mes adversaires, la méthode d'Agathocle : la violence courte, puis les douceurs. On se rend toujours à la main qui a frappé, si ensuite elle vous tend de l'or. La crainte et les prébendes font les alliés les plus sûrs. Il faut les deux : car ce que l'intérêt a uni, l'intérêt peut le désunir. Et savoir à la fin que les crimes brillants obtiennent toujours l'absolution sociale. M*aximes de l'italien*....

De Mazarin encore, j'ai retenu qu'il est plus souvent préférable d'exécuter par les mains d'autrui et qu'il ne faut toucher à son ennemi que pour lui abattre la tête. J'ai pour cela mes séides : Clément des Lupeaulx, par exemple ; cet effronté voltairien, qui a une main dans toutes les manigances comme j'ai la mienne sur les billets qu'il a signés et qui

1. Ou complot des puissants
2. *Mémoire pour servir à l'histoire de la révolution française* (1831).
3. *Les dieux sont avec l'homme prudent.*
4. Bien que naturalisé français en 1639, Mazarin fut toujours considéré comme italien à la Cour et a signé, jusqu'à la fin de ses jours, *Mazarini.*

peuvent le conduire demain en prison. Je le tiens depuis 1825 plus sûrement qu'un Gobseck. Il traite pour moi avec la presse car je sais que tout encrier peut devenir Vésuve : il achète les silences et toutes les plumes qui sont à vendre. Il y a aussi Maxime de Trailles, bien sûr. Son effroyable indifférence lui permet de seconder demain une sédition populaire avec autant d'habileté qu'il peut en mettre à une intrigue de cour. Il y a encore certains autres, enrôlés des bas-fonds, dont la fidélité s'ente sur l'avilissement : plus sa vie est infâme, plus l'homme y tient.

Je leur ai confié des affaires aussi périlleuses dans l'objet que ténébreuses dans les moyens. Ils ne m'ont jamais déçu car les forces qu'ils n'ont pas mises dans leur morale, ils les ont placées dans leur habileté.

Enfin, comme Mazarin chaque matin devant le miroir, j'observe de face celui qui peut me trahir et je lui adresse le fameux commandement : *audi, vide, tace*[1].

Richelieu, Fleury, Mazarin, Retz : d'eux quatre, je tiens qu'il existe pour les êtres supérieurs une petite et une grande morale (en vérité, il ne faut de la morale et de la vertu communes qu'à ceux qui obéissent).

Mais il y a aussi ce qui m'en distingue. Je suis, moins que ces quatre-là, soumis à Dieu et je ne crains pas, à la fin, son jugement. L'abbé de Maronis a bien fait pour cela ma catéchèse. Non plus, je n'ai pas eu à cacher, en homme d'église, mon ambition sous le long manteau de l'humilité. J'ai au contraire placé la mienne sous l'éclat de mon habit et j'en ai joué pour concentrer en mon for mes disciplines et mes plans. Enfin, à la différence de nos prélats, j'ai entrepris de porter mes idées dans une volonté collective qui les subjugue ; seule source à mes yeux de puissance. J'ai alors prononcé le vœu de conjuration.

J'ai donc fait partie de cette confrérie de treize rois inconnus qui ont défié et dupé un monde qui a l'illusion pour loi : de haut en bas, les choses ne passent pas pour ce qu'elles sont, mais pour ce qu'elles paraissent. Oui ! Les apparences sont en force et la société se contente de grimaces parce qu'elle se paie de ce qu'elle donne. L'art est alors de soutenir la feinte jusqu'à en faire une vérité. Partout, le masque social finit par faire un visage. Qui y regarde de près ? Vautrin, avant de devenir lui-même chef de la sûreté[2], verra le faux marquis de Chambreuil, relaps, être chargé de la police aux Tuileries ! Et Pierre Coignard, libéré des fers, pourra se faire passer pour le duc de Pontis.

L'œil avisé découvre, derrière ces falsifications, la fourberie et l'intrigue : elles sont à chaque degré de l'état social. Ainsi les grands commettent-ils presqu'autant de lâchetés que les misérables, mais ils

1. *Entends, vois et tais-toi* : devise de Mazarin.
2. De 1830 à 1845.

les commettent dans l'ombre et font parade de leurs vertus : ils restent grands. Vouloir être grand ou riche n'est-ce pas d'ailleurs se résoudre à mentir, plier, ramper, se redresser, flatter, dissimuler ? N'est-ce pas consentir à être valet de ceux qui ont menti, plié, rampé ? L'ambitieux qui se rêve au faîte du pouvoir, ne s'aplatit-il dans la boue du servilisme ? À bon escient : les hommes sont ainsi ; ils accordent aux âmes viles qui les flattent les facilités, les faveurs refusées à la supériorité qui les blesse quelle que soit la manière dont elle se révèle. Chacun grimpe dans la position où il rampe.

En bas, on voit un peuple qui prend tout avec passion et le quitte le lendemain avec insouciance, qui murmure de tout, se console de tout, veut tout, oublie tout. On voit des foules qui veulent des idoles à admirer et regardent peu à leur divinité. V*ulgus vult decipit ergo decipiatur*[1]...

Moi aussi je me suis enseigné à paraître et à tenir mon rôle ; plutôt celui qu'on attendait de moi et pour mieux le commander. J'ai donc, sur le devant, affiché mes ardeurs de plaisir et proclamé ma cynique ambition. Combien de récits me montrent bourreau de sentiments et d'amitié, gagné à mes froides luxures et mes féroces calculs ? Chacun y a cru car chacun voulait y croire. Mais, en dessous, je me suis façonné et préparé aux affaires. Avec méthode et sans faiblesse car, devant les cruels défis du pouvoir, il faut souvent se marcher sur le cœur et ne jamais oublier ses conspirations permanentes.

Chacun y tient ses lacets. Ils relient les affaires, s'y embrouillent et se coulissent à la première occasion. Qui se distrait tend son pied ; qui doute ses mains ; et qui se relâche tend son cou. Alors, oui ! L'époque n'est plus aux poignards. Mais on meurt étranglé.

Moi, je ne suis pas homme à retirer ma tête des nœuds gordiens de la politique pour la glisser au nœud coulant de ma cravate.

1. *La foule veut être trompée, qu'elle le soit* (formule attribuée au pape Jules II).

Mon accession au pouvoir

L'énergie est la vie de l'âme comme le principal ressort de l'action.
Napoléon

J'ai toujours voué un culte à la volonté. Dès le moment où je me suis reconnu homme d'État, j'ai rempli sans faillir ses offices. Par eux, j'ai compris que le vouloir commande le pouvoir. Pour eux, j'ai sacrifié mes sentiments ; et jusqu'à parfois mes idées. Je me suis complètement et triomphalement soumis : corps et volitions. Par contraste, celui célébré par Balzac s'est établi dans les vicissitudes. Les traités qu'il lui consacre sont aujourd'hui introuvables : disparu, celui qu'il a jadis montré à son condisciple Barchou de Penhoën[1] ; celui passé sous la plume de Louis Lambert[2] ; ou encore celui rédigé par Raphaël de Valentin[3](seul Emile Blondet a semble-t-il pu lire ce dernier, sans toutefois m'en rien dire). De son côté, Daniel d'Arthez s'est vu dépossédé de son recueil de pensées énergisantes. Tout comme Balzac lui-même, qui devra céder sa collection de puissantes maximes napoléoniennes[4]. Par elles, l'Empereur a supérieurement théorisé l'esprit qui conçoit et la main qui exécute. Je pourrai aussi ajouter les mémoires d'instruction de haute politique de Z. Marcas ; eux aussi perdus[5].

Théories disparues, morasses égarées, manuscrits vendus : on connaît de meilleurs auspices.

La croyance a pourtant été plus forte que ces infortunes et la volonté est partout présente chez notre auteur, indissociable de l'énergie. Toutes deux commandent aux destinées et libèrent les destins. Elles sont comme le pouls et le sang qui nous animent et constituent notre fluide vital. Cette énergie volitive, beaucoup la consument en travaux nécessaires et serviles ou dans les angoisses destructrices. D'autres les dissipent en passions ou convoitises ; masses de désirs qui sillonnent de leurs

---

1. *Introduction aux études philosophiques* ; Félix Davin (1835).
2. Confisqué par le père Haugoult, le régent de son collège ; *Louis Lambert.*
3. *La peau de chagrin.*
4. *Maximes et pensées de Napoléon* ; officiellement recueillies par JL. Gaudy jeune avec une préface de Balzac (1838).
5. Écrits pour Charles Rabourdin et son ami ; in *Z. Marcas.*

foudres les figures des ambitieux dont elles usent les corps avec une merveilleuse promptitude. Seuls les hommes très forts, c'est-à-dire ceux qui mettent au service de leurs buts une volonté très grande rassemblée en vue d'une action précise parviennent véritablement à se subjuguer ; et le monde avec. *Mens agitat molem* ![1]

C'est ainsi que j'ai compris qu'il faut se diriger pour diriger, se fixer un objet premier et ne jamais s'en détourner. Dès lors, on ne peut rien contre la volonté appliquée à l'énergie ; et l'énergie constitutive de la société est le pouvoir. Mais je sais aussi qu'il faut, dans ses entreprises, ne pas oublier que chacun de nous n'en possède qu'une quantité donnée et qu'elle est le véritable ange exterminateur de l'humanité qu'elle tue et vivifie, car elle vivifie et tue. Dès lors, chacun doit vivre avec la conscience de cette consomption ; raison pour laquelle on trouve chez Balzac tant d'appels à la modération du désir et de l'action. *Vouloir nous brûle et pouvoir nous détruit :* j'ai souvent, retour d'un bal ou d'une séance à la Chambre, relu la maxime. J'aurais du la faire graver sous le chaton de ma bague. Ou la placer à côté d'une vanité ; avec cet avertissement d'Helvétius qui pourrait bien être son pendant : *la vie s'avance, nos forces reculent.*

Et pourtant, ces forces traversent et attisent nos récits ; échauffent nos âmes qui sont véritablement des armes chargées de volonté jusqu'à la gueule. Alors, quoi ? Doit-on croire à la théorie des compensations d'Azaïs ; que vivre avec énergie, avec éclat c'est vivre vite et au contraire, que vivre lentement, c'est vivre dans l'obscurité et le repos ? La tiédeur ou l'ardeur ? Il me semble qu'avec Balzac nous pouvons, chacun par l'autre et chacun pour l'autre, éclairer ce dilemme.

J'ai pour cela tenté d'emprunter à sa perspicacité qui voit et qui déduit. Sans atteindre à sa promptitude qui mène d'un seul bond des pieds à la tête, je m'en suis plus modestement remis aux pouvoirs de l'observation : elle a été l'arme de tous mes projets politiques ; elle est ici notre instrument commun. Balzac, lui-même, ne dit-il pas qu'il faut voir ou imaginer les gens en place pour déduire leurs sphères de réflexion et d'action ? J'ai donc fait mienne sa méthode pour faire mes diagnostics.

Ainsi je le vois d'abord, vers 1820, dans sa froide mansarde de la rue Lesdiguières, serré dans un carrick ; vivant de noix et de pain. La lumière qui l'éclaire pendant les nuits obstinées lui coûte plus cher que sa nourriture. Il dort sur un grabat, solitaire comme un religieux de l'ordre de Saint Benoît. Ses parents l'ont relégué là, préférant faire croire qu'il est parti à Albi faire son droit : un exil dans l'exil, comme seul son

1. *L'esprit meut la matière.*

destin pouvait les enchâsser. Il écrit d'abord une pièce en vers[1]. Puis des romans à plumées d'encre, à chausse-trappe et à rapières. Tout ceci n'est pas fameux, il le reconnaît, mais il a l'âme heureuse de ses efforts.

Dans son sépulcre aérien, il travaille sans relâche pour obtenir l'amour et la gloire. Il vit monastiquement en bonne fortune avec sa belle idée : comme les chrysalides, il se bâtit une tombe pour renaître brillant et glorieux. Quel programme de vie ! Balzac est alors totalement ce qu'il veut devenir. Il a des projets, là où moi je n'ai que des plans. Il se dirige ; là où je me perds encore dans la quête des exorbitants plaisirs. Il rédige une œuvre quand j'en suis à déclarer que le seul emploi raisonnable de l'encre est de piper les cœurs par des lettres d'amour.

Puis, je le vois plus tard rue des Batailles, à Chaillot, dans sa fameuse robe de chartreux. La tête souffrante enveloppée de linge humide et la cervelle cerclée dans un crâne d'airain ; galérien des lettres devant un encrier en forme – qui pourrait l'inventer – de cadenas ! Il est toujours reclus, mais de plus accablé par la Nécessité. La Nécessité née de ses spéculations. Elles ont creusé des abîmes sous ses pas. La Nécessité née de ses dépenses prodigues : l'habit à boutons d'or, les cannes, les gants, la bricabracomanie ruineuse, les loges aux Bouffes et à l'Opéra, le tilbury armorié, le tigre[2] ! Et d'autres débours faramineux encore ! La Nécessité qui le harcèle nuit et jour et qui lui fait regarder comme un vol une heure de repos ou de distraction. Il est prématurément vieux de souffrances, mais nul ne présumerait jamais, quand il est en société, son âge derrière sa figure gaie. Il est vrai que ses sorties sont si rares… Son repos ? Il se lève de temps en temps, contemple l'océan de maisons que sa fenêtre domine depuis l'École Militaire jusqu'à la barrière du Trône, depuis le Panthéon jusqu'à l'Étoile ; et après avoir humé l'air, il se remet au travail. Il lui faut écrire seize heures par jour, tel Sisyphe, pour lever les billets protestés, échapper aux créanciers ; aux gardes du commerce ; aux recors, ces bourreaux d'occasion pour les affaires civiles. Balzac lutte plume à la main. L'encre est dans l'encrier comme la lave dans le cratère du volcan. Combien de livres jaillis au souffle brûlant de cette Nécessité ? Sa volonté lui fait accomplir des prodiges et, dans leur fièvre, Balzac crée un monde qui va se propageant. C'est le moment où je cadastre froidement le mien. Chaque jour, son imagination enflammée gagne de nouvelles circonférences ; là où la mienne s'encercle et m'encercle.

Enfin, je retrouve Balzac rue Fortunée ; si ironiquement nommée au moment où, encore et toujours endetté, ses forces cette fois l'abandon-

1. *Cromwell.*
2. Laquais de petite taille.

nent[1]. Son corps comme son âme sont des plaies. Tant de travaux et tant de blessures ! Il y a pourtant toujours sur son bureau la statuette de l'Empereur où il a inscrit son fameux *Ce que Napoléon n'a pu achever par l'épée, je l'accomplirai par la plume*. Elle est son talisman. Plus certainement son orgueil : il a effectivement créé un univers complet ; il a donné sa vie à un monument littéraire gigantesque qui s'est, en retour, réalisé. On pourra bientôt dire *Balzac égal et peut-être supérieur à l'homme d'État*[2] !

Supérieur à l'homme d'État : j'accepte le jugement. Mieux, je le fais mien, car je n'ai jamais cru à sa pose de simple instrument d'une volonté créatrice et despotique. Qui peut y croire d'ailleurs ? Balzac est lui-même cette volonté. Pareil à ces prêtres de l'antique Euphrate, il joue la soumission, mais c'est en réalité ses propres forces qu'il sert. Comme lui, je me suis censément incliné afin d'organiser mon triomphe. Un jour, sans plus de gratuite fatuité, j'ai suivi à son exemple cette constante discipline de me mettre à vouloir chaque matin ce que je voulais la veille. À ne pas déverser mes forces sur des points stériles. À porter, sans relâche, la puissance conquise au service de la puissance à conquérir. Mes jouissances sont passées après cette conquête qui a commandé chacun de mes actes : on me voit aujourd'hui tel que je me suis obtenu. Ma vie de gouvernement tient en ces mots.

J'ai pratiqué ouvertement les plaisirs en me les interdisant secrètement ; n'ignorant plus qu'ils sont comme certaines substances médicales : pour obtenir le même effet, il faut en doubler les doses et la mort ou l'abrutissement est contenu dans la dernière. Il n'a plus alors été une mondanité qui ne soit pour moi un calcul, pas un repos qui n'arme un procédé. Je suis devenu ma volonté sans répit ; me surveillant par derrière pour mieux aller de l'avant. Voilà qui me distingue décisivement de tous les ambitieux subalternes qui ont pu encombrer mon chemin. Ceux qui se sont consumés prématurément, comme ceux qui ont troqué, chaque fois qu'ils l'ont pu, l'esprit de puissance pour l'esprit de jouissance. Rastignac, par exemple.

J'ai pu l'observer à loisir depuis qu'il a commencé à percer. Son procédé est tout en attente et en détente. Il paraît sans suite dans les idées, sans constance dans ses projets, sans point fixe. Pourtant, s'il se présente une affaire sérieuse, une combinaison à suivre, il ne s'éparpille pas. Il étudie le point où il faut charger et il charge à fond. Mais quand la charge a fait son trou, il rentre dans sa vie molle et insouciante et réclame sans attendre l'usufruit de ses triomphes : le Capitole troqué pour Capoue.

1. Quelques mois plus tard, elle s'appellera la rue Balzac.
2. *Balzac par lui-même* ; Gaétan Picon.

Moi, je l'ai dit, j'ai appris à soumettre sans relâche l'énergie à ma volonté et ma volonté à mes buts supérieurs : la concentration des forces morales en a décuplé la portée. C'est ainsi que fonctionnent les plus fortes pensées, comme des miroirs concentriques. Elles peuvent focaliser puis diriger en dehors d'elles-mêmes la quantité de force nécessaire à leur triomphe. Chacun qui s'élève au plus haut a recueilli, focalisé puis dirigé cette puissance. Par elle, on accède à ces sommets qui effraient tant. Et pour cause : pour s'y maintenir, il ne faut plus jamais unir un sentiment et un projet. Il faut acquérir cette froideur qui m'a été tant reprochée. Posséder pour soi ce sang froid, cet aplomb, ce coup d'œil qui constituent les *bravi* de la pensée politique.

Quand Paul de Manerville parle de ma solitude, il est encore loin du compte. Souvent, je me suis refusé jusqu'au soulagement du cœur de me parler à voix haute. Sait-on ce que c'est que de ne pouvoir se confesser qu'à soi-même ; d'être le prêtre et le pénitent ? Le calcul et le secret : voilà les compagnons quotidiens pour qui se tient devant son destin. Un homme qui conçoit un système politique doit, s'il se sent la force de l'appliquer, se taire, s'emparer du pouvoir et agir. Il doit, sans s'écouter, gouverner les foules et être convaincu que beaucoup d'êtres sont comme des zéros, il leur faut un chiffre qui les précède pour que leur néant acquière une valeur décuple : la formule est là quand on dit que mon talent est multiple…

J'ai ainsi sidéré mes scrupules, rentrant dans le monde et le trompant ; calculant froidement ; m'intimant de n'accepter les hommes et les femmes que comme des chevaux de poste qu'on laisse au relai ; cachant mes sentiments secrets. Mes incertitudes, mes confidences elles-mêmes ont toujours été retenues et j'ai fait constamment mien cet adage qu'il faut qu'une chose soit faite pour qu'on avoue y avoir songé.

On a souvent vilipendé ma méthode. On l'a trouvée indécente. À tort : les expédients sont ses moyens et ses moyens sont des expédients ; car – je l'ai dit – la politique est une science sans principe arrêté, sans fixité possible.

Elle est le génie du moment, l'application de la force selon la nécessité du jour. Seuls comptent les objectifs et les forces que l'on dirige sur eux. Les opinions n'ont alors plus d'importance. *Exitus acta probat*[1] !

Oui ! Il advient que certaines omelettes ne se fassent qu'en cassant les œufs des Sages[2]. Dans les pays dévorés par le sentiment d'insubordination sociale cachée sous le nom *égalité*, tout triomphe est un de ces miracles qui ne va pas sans la coopération d'adroits alchimistes. J'en suis.

1. *La fin justifie les moyens.*
2. Autre terme pour l'Alchimie.

Mais si ma méthode est rendue aux circonstances, il n'en va pas de même de mes projets pour la Nation. Croit-on encore que je n'ai eu de volonté que pour mon bon plaisir ? Qu'égoïstement je m'en sois satisfait ? Que mes desseins se soient simplement confondus avec mes complots ? Toutes ces années pendant lesquelles on m'a présenté triomphant et cynique, j'ai aussi conçu pour mon pays un destin auquel je crois. N'ai-je pas pensé chaque jour à ses grandeurs ? Ne suis-je pas l'apologiste de toutes ses prospérités tout en m'étant tenu à l'écart des spéculations ? Mon mérite : je n'ai jamais oublié que c'est pour l'or, devenu notre spiritualisme, qu'on fait les plus belles sottises. Jamais l'homme qui s'est laissé prendre dans les concassions ou l'engrenage des affaires ne peut devenir grand, ni pour lui ni pour son pays. J'ai, pour ma part, toujours renoncé aux scandaleux enrichissements. Et aussi, m'imagine-t-on insensible aux souffrances des ouvriers et petits artisans, cette laide et forte nation sublime d'intelligence mécanique ? Croit-on que je n'ai pas conçu les dangers de l'égoïsme social ? Que je n'ai pas vu que la misère et l'infortune sont les séminaires des crimes ? Qu'inversement la prostitution et le vol sont deux protestations vivantes, mâle et femelle, de l'état naturel contre l'état social ? Mes conceptions ont embrassé ces dolences.

Alors, je me moque bien des grands principes arrêtés dans les sommités du parti carliste ! De leurs lazzis improbatifs ; tous repris avec complaisance par Balzac. Je connais par cœur les pasquinades sur la fin du magnifique gouvernement d'un seul. D'abord – coup de griffe – que le plus grand défaut des hommes d'État de la Restauration aura été leur honnêteté dans une lutte où leurs adversaires employaient toutes les ressources de la friponnerie politique. Merci pour nous. Ensuite, qu'on aurait perdu en 1830 un grand roi (on se pince !), un monarque qui personnifiait le plus auguste, le plus grand, le seul vrai pouvoir : l'autocratisme par opposition au plus faux, au plus changeant au plus oppresseur des pouvoirs, la monarchie assermentée.

Pour nos amis ultracistes, il faut une pensée unique et un pouvoir qui concentre les énergies ; qui les fassent demeurer resserrées dans leur principe vital. Les ai-je assez lues ces antiennes ? Les rencontrant un peu partout et surtout là où elles n'avaient rien à faire. M'en a-t-on suffisamment rebattu les oreilles ? Celles-ci ont-elles aussi suffisamment sifflé ? Que mes ennemis s'en réjouissent ; je n'ai rien perdu de ces venimeuses coquecigrues. J'ai d'ailleurs lu que certains esprits supérieurs dans l'entourage de la Princesse de Cadignan toisent doctement l'avenir[1] et

1. La princesse a fait de son salon de la rue de Miromesnil un lieu d'opposition contre le gouvernement d'Henri de Marsay.

voient dans la fidélité politique ce que les Anglais voient dans la probité commerciale : un élément de succès. Singulier argument puisque tiré de la première des monarchies parlementaires... mais bon, tout fait fonte à qui veut tirer son boulet.

Balzac revient à l'envi sur les dangers de la nouvelle période. Le progrès pour mot d'ordre, derrière lequel on grouperait beaucoup moins d'idées que d'ambitions menteuses et laissées libres. Celles des loups-cerviers de la finance au premier rang et au premier sang. Avec le double broiement du corps social sous les manducations et la meule des intérêts égoïstes. Avec le triomphe annoncé, dénoncé des intérêts privés sous le masque de la Loi. *Summum jus summa injuria*[1] ! Pour la faire : un gouvernement peuplé d'hommes à petits motifs et grands appétits, que toute pensée neuve effraie ; des chambres qui se rangent toujours du côté du pouvoir ; une majorité ministérielle qui n'est qu'un colosse aux pieds d'argile, dont le cœur est sec et la tête bien dure ; des élus censitaires qui ne sont que des larynx à passe-droits, des poitrines à déplorations ; des ministres qui ne sont que des raquettes avec lesquelles des mains sournoises se renvoient les portefeuilles. Un théâtre de prétendues capacités politiques, en réalité manipulées absolument comme un directeur de marionnettes heurte l'un contre l'autre le commissaire et polichinelle dans son théâtre en plein vent. Tous ensembles préparant une société, calcifiée, pétrifiée, momifiée. La jeunesse ? Tout juste assez forte pour rire de la situation où la met l'ineptie de ce gouvernement ; assez calculatrice pour ne rien faire en voyant l'inutilité du travail ; assez vive encore pour s'accrocher au plaisir : la seule chose qu'on n'ait pas pu lui ôter.

Je résume tout cela : depuis le départ de Charles X rien n'a pu prospérer en France qui ne soit avidités, calculs et petitesses dans ce nouveau règne né de l'accouplement d'une république et d'un roi ; ce pouvoir qui s'est laissé lier les mains par les absurdités du contrat. Un régime qui n'est ni la République, ni l'Empire, ni la Restauration et tout entier livré aux intrigailleries du ministérialisme et à son instabilité : les libéraux, ces frères Caïn de la liberté, ne s'entretuent-ils pas pour les places ? Un Rastignac ne finit-il pas par passer pour indispensable dans les combinaisons ministérielles ?

Et de nous prédire une dégradation sans retour des mœurs et des institutions. Dans cette société nouvelle, l'homme ira obéir à toutes les fantaisies qu'elle a développées en lui ; à toutes les lois qu'elles portent et qui sont les mieux suivies. Bientôt on se trouvera sans roi avec la royauté, sans loi avec la légalité, sans propriétaire avec la propriété, sans gouvernement avec l'élection, sans force avec le libre-arbitre, sans

1. *Comble de droit, comble d'injustice* (Cicéron).

bonheur avec l'égalité. Les chambres seront sans opposition ni ministérialisme, rien ne s'imposant plus qui ne soit fondé sur le plaisir, la mode ou l'intérêt. On poursuit la funeste logique : cela peut-il mener à autre chose qu'à la liberté indéfinie de l'homme qui est la mort même du pouvoir ?

Pour Balzac et ses amis, l'alliance de la monarchie et de la liberté est assurément l'un des plus grands non-sens politiques connus et ceux qui l'ont forgée sont des intrigants frappés d'idiotisme. La question suit aussitôt : un tel château de cartes et de friponneries peut-il durer ? Et si quinze hommes de talent se coalisaient en France et avaient un chef décisif, la plaisanterie qu'on nomme le gouvernement constitutionnel ne cesserait-elle pas bientôt ? Alors que les institutions augustes de la monarchie absolue proclament entièrement que les hommes y attachent des grandeurs dont elles sont revêtues par la pensée.

Le système parlementaire serait ainsi condamné parce que le pouvoir ne peut venir que d'en-haut ou d'en-bas. Parce que s'il doit être conquis, il ne peut l'être que par la lame de Marius ou le glaive de Sylla. Le sabre constitutionnel, lui, se bloquerait au fourreau, retenu par la délibération parlementaire ; pour bientôt traîner dans la poussière populaire. Balzac le dit encore une autre fois : le nouveau régime prend la cote des contribuables pour une cotte d'armes.

Pour montrer ces impossibilités, il a d'ailleurs pour projet de mettre en roman politique la nouvelle Chambre. Nous verrons ; car Balzac est lui-même plein de contradictions. On le voit à un moment célébrer l'homme providentiel et il souhaite alors un pouvoir fort entre les mains d'un seul. Mais il rêve ailleurs d'un retour à l'ordre ancien qui conserverait toutes les bonnes conquêtes de la Révolution sans rien entamer des pouvoirs absolus ! Le beau projet ! Notre homme me paraît en définitive avoir les idées d'un, disons, Baron Galvagna[1] que l'on a comparé à l'ananas-fruit que Balzac aime tant parce qu'il en a toutes les saveurs ensemble ; attendu qu'il est bonapartiste par enthousiasme pour la gloire, louis-philippiste parce qu'il considère que Louis-Philippe est le seul capable, si c'est possible, de gouverner la France, légitimiste par sentiment et républicain parce qu'il tient la république pour inévitable. Ailleurs encore, Balzac peut dire que la monarchie et la république sont les deux formes de gouvernement qui n'étouffent pas les beaux sentiments !

On se perdrait à moins. Moi, mes idées ont toujours été cohérentes et ma conception de la vie constitutionnelle à l'opposée de celle de Balzac qui la montre tout en grimaces et sarcasmes.

1. François de Galvagna : conseiller d'État, préfet des départements de l'Adriatique sous l'Empire.

Par elle, j'ai toujours voulu une bonne administration des affaires publiques ; ce qui n'est pas imposer aux masses des idées ou des méthodes plus ou moins justes, mais imprimer aux idées mauvaises ou bonnes de ces masses une direction utile qui les fasse concorder au bien général.

Et pour y parvenir, on ne doit jamais oublier qu'on ne donne aux peuples de longévité qu'en modérant leur action vitale : c'est l'idée qui résume le parlementarisme.

Balzac, dont la modération est pourtant une idée chère, ne semble pas l'avoir perçue. Et moi j'aurais été aveugle ? Quel aveuglement en retour ; et d'abord sur mes capacités et mes propres discernements ! J'ai compris très tôt que les institutions ont toutes leurs moments climatériques, quand les mêmes mots n'ont rapidement plus la même signification. Il y a une atmosphère des idées où elles prennent d'autres apparences et où les conditions de la vie politique changent totalement de forme sans que le fond soit totalement altéré.

Les grands politiques saisissent ces moments pour les diriger : ils voient toutes les faces d'un fait et la portée d'un événement ; ils les prévoient dans leurs causes et les concluent toujours au profit d'une politique nationale. Ainsi, je suis passé au pouvoir, à la différence d'un Marcas et de bien d'autres, sans m'être engagé dans ces doctrines d'abord nécessaires à un homme d'opposition et qui plus tard gênent l'homme d'État. Je n'ai pas eu besoin, non plus, de ces sublimes idées sous lesquelles les ambitieux des classes inférieures cachent leurs desseins et qui sont sources de tant de déceptions : je suis arrivé aux affaires sans ces secours qu'on engage sans appointement et qui un jour réclament leurs gages devant l'opinion et parfois devant la foule. Sans ces péroraisons qui finissent en oraisons.

En revanche, et d'instinct, j'ai su mener ma route au long cours et, entre les passes, au succès. J'ai deviné le premier sous quel vent allaient les choses et je ne me suis pas mis bêtement en travers. J'ai tendu ma voile sans plus d'effort.

J'ai la main sûre du capitaine qui connaît ses hommes et ses étoiles. Je suis ce Ferdinand Cortès constitutionnel dont l'époque avait besoin ! Mais je joins, sous l'éclatante tunique et le parfum d'aventure, la prudence d'un Gracian. Car je connais l'opinion publique : sur dix ovations obtenues par des hommes vivants et décernées au sein de la patrie, il y en a neuf qui sont étrangères au glorieux couronné. Voilà pourquoi, j'ai attendu la dernière marche pour ceindre mes lauriers et les faire partager : en France, on ne peut triompher que quand tout le monde se couronne sur la tête du triomphateur.

Je l'ai accepté car j'ai les capacités qui concordent aux intérêts supérieurs que je représente. Pour le bien du pays, je sais agir et délibérer tout ensemble, tout comme je sais dissimuler mon action sous l'apparente délibération. Pour établir la sincérité du gouvernement constitutionnel, j'ai été forcé de commettre d'effroyables mensonges avec un incroyable aplomb.

Pour atteindre à cet aplomb, à cette sûreté, il faut avoir connu les ressorts du monde ; avoir vu son mécanisme, entendu le cliquetis des chaînes et des volants, heurté ses pivots, s'être cogné à tous ses rouages pour les manœuvrer à son profit. Et en sortir avec une de ces têtes métalliques où se forgent à neuf les systèmes politiques. Une tête qui commande à une main de fer ; car on doit tenir son ministère et tenir son banc. Il faut chaque jour désarmer les flagorneuses duperies des chefs de division et des solliciteurs ; tordre le bras de son secrétaire de cabinet qui veut tenir votre plume ; faire l'abat-son sur les ragots de couloir habilement conduits et l'abat-jour sur les vilénies qui sont le quotidien des fonctionnaires ; sur leurs rivalités muettes, leurs jalousies étrécies, leurs querelles cagneuses et pleines de venin qui font songer à une lutte d'araignées dans un pot. Il faut aussi, au milieu des parapheurs, ne pas se laisser mener par les lisières des rapports administratifs qui vous laissent tout aussi avancé avant qu'après. Tout cela, il faut le doubler du génie singulier de l'homme public pour répondre à la Chambre le matin, commander à ses services l'après-midi et lutter le soir, nonchalamment adossé à une cheminée, contre ses adversaires : si je vais au *raout*[1], c'est comme on va à la séance. Il y faut une habileté et une énergie singulière et qui vont bien au-delà de la raide précaution, de la surdité péroreuse et de la bigoterie hypocrite qu'on demandait du temps de Polignac[2]. D'ailleurs on voit bien l'embarras de Balzac qui n'a finalement pas écrit son *Comment on fait un ministère* : sa plume ne pouvait nous griffer qu'en blessant au sang les courtisans et les cagots du carlisme.

Pourtant, notre auteur a raison quand il écrit qu'il ne peut plus y avoir rien de grand dans un siècle à qui le règne de Napoléon sert de préface. J'avère, mais c'est ici que l'homme d'État n'est pas l'écrivain : il voit devant lui. Il regarde l'histoire qui se fait pour être de ceux qui la font. Il sait qu'il faut bien en écrire les chapitres, sans rêverie et sans faiblesse ; sans quoi c'est la canaille qui s'en charge. A-t-on déjà oublié les troubles sanglants qui ont précédé l'Empire ? Et ce qui l'a suivi ? Partout, la morgue de la noblesse de Cour avait désaffectionné du trône la noblesse de province, autant que celle-ci avait désaffectionné la bourgeoisie en en froissant toutes les vanités. Et ce règne de vieillards jaloux de garder les rênes de l'État dans leurs mains débiles ? Ils nous condui-

1. Seconde partie d'une soirée mondaine.
2. Dernier ministre de Charles X.

saient, d'un pas hésitant mais sans retour, à de nouveaux troubles. La rancune, l'autolâtrie et la surdité sénile ne font pas une politique. Le principe d'unité lui-même, si cher et si dévalué, ne vaut plus rien s'il branle avec ceux qui le portent. Et un principe qui tombe se brise. Si trente ans de troubles et onze régimes n'enseignent rien…

En vérité les questions personnelles, en fait de roi, sont aujourd'hui des sottises sentimentales. Nous avons, avec mes amis, voulu prévenir les désordres qui s'annonçaient et donner à nos institutions la paix et les mœurs d'outre-manche. Je sais bien que Balzac déclare partout que la France a son singulier gouvernement qui n'a d'analogie avec celui d'aucun autre pays et qu'il n'y pas plus de parité entre le gouvernement anglais et le nôtre qu'entre deux territoires. Il a tort. Tout comme il a tort de croire que nous voulons singer les mœurs d'Albion, là où nous entendons d'abord prendre ses principes de paix et de liberté. Ils ont fait sa puissance prospérante et sa concorde civile.

On trouve que cela sent trop sa boutique ? Tant mieux. Les boutiquiers, trottinant après leurs intérêts particuliers, entraînent bientôt celui de chacun s'il est bien représenté. Alors, les comédies parlementaires peuvent bien être vraies, elles sont aussi inévitables que subalternes. Surtout, elles constituent le moyen graduel de faire des réformes entendues et une opinion rendue : c'est peu chaque jour et c'est beaucoup à la fin, car le mouvement s'entraîne du mouvement et met les idées après les faits ; les billevesées derrière la paix. Nous prenons donc Balzac à son mot : nous avons bien renversé un trône pour le replacer sur un comptoir.

Beaucoup de lois aujourd'hui ont l'intérêt pour principe et beaucoup de principes se monnaient dans les turqueries de divan et les truqueries de scrutin. Je ne le nie pas puisque je sais qu'il ne faut pas se payer de fausse grandeur : les gouvernements passent comme les hommes. Seuls restent de leurs projets ceux passés dans les mœurs. C'est voir trop étroitement ? Que conclure alors de la politique quand le gouvernement appuyé sur Dieu a péri dans l'Inde et en Égypte ; quand le gouvernement du sabre et de la tiare a passé ; quand le gouvernement d'un seul est mort ; quand le gouvernement de tous n'a jamais pu vivre ? À la fin, le commerçant garde mieux la civilisation que le chambellan.

Je sais bien qu'on dira, de biais, que j'ai bâti un système sur les affaires et sur la corruption. Que je suis un Bonaparte qui est aussi son Barras. Peu importe, je suis surtout un de ces hommes qui comprennent les rapports lointains entre les faits présents et les faits à venir tout comme ils peuvent voir le futur en jugeant le passé. Alors, on peut encrer les pamphlets, moi j'ai ancré mes principes et je sais qu'un pouvoir est un être moral aussi intéressé qu'un homme à sa conservation.

Les lazzis n'y peuvent mais ; et ma disparition n'y changera rien. Ni mes ennemis : il faudra que je meure pour qu'ils sachent ce que je vaux. Sur ce point, je considère ma mort sans crainte : j'ai déjà donné les preuves d'une capacité supérieure ; j'ai su déployer les talents et les aptitudes de l'homme d'État. Même mes sévérités, qu'on appelle des cruautés, sont des grandeurs secrètes. Ma mort prochaine compromet en revanche, un autre projet : j'aurais voulu mieux installer et plus sûrement l'élégance au sommet du pouvoir.

Cela fait sourire ? Je la crois pourtant indispensable au service d'un nouveau règne. Elle devrait être son moyen agissant contre l'aplatissement des intelligences et l'établissement des dissidences : fauteur de mauvais goût et fauteur de troubles ne font souvent qu'un. A contrario, je me souviens de Lord North, protecteur du père de Brummell et dandy avant l'heure. Il pouvait s'endormir de mépris au banc des ministres ; prouvant par-là même la supériorité des institutions portées par des hommes aristocratiquement taillés dans l'étoffe d'exception : l'élégance est alors moins l'auxiliaire que le précepteur du pouvoir. Qui veut durer doit la posséder. Qui la perd, est prêt de se perdre ; et quand il la néglige, c'est pour la nudité barbare : a-t-on oublié nos sans-culottes ?

Plus largement, dès qu'en tout État, les patriciens manquent à leur condition de supériorité complète, ils deviennent sans force et le peuple les renverse aussitôt. Le peuple veut toujours leur voir aux mains, au cœur et à la tête, la fortune, le pouvoir et l'action distinguée. Sans cette triple puissance, tout privilège s'évanouit. Le peuple n'accorde pas son obéissance à qui ne l'impose pas et ne lui en impose pas. Il n'accorde pas plus son admiration à qui renonce à s'incarner, par l'allure, l'allant et l'aloi, dans sa fonction supérieure. Un régime s'installe par l'apparence et par l'étiquette. Il gagne par les yeux, et bientôt les cœurs, les plus sûrs soutiens. Comment mener un peuple sans avoir les symboles qui font le commandement ? Au lieu de quoi, le bête habit bourgeois se répand à présent partout : déformé aux goussets, long de manches, vil de coupe, s'insinuant par tous les passages et glissant sur toutes les murailles. Rastignac le premier, en habit noir, cette mort par étouffement de toute couleur.

Nous savons d'ailleurs ce que cela veut également dire : après Villèle et Polignac, les créatures du midi vont venir s'asseoir aux bancs de la Pairie puis à celui des ministres. C'est affaire de temps et affaires d'ambitieux. Ils attendent. Ces gens vivent depuis toujours dans des rapports d'intérêts et de calculs. Ils ont l'ordre dur pour principe. Sinon, c'est la lame ou le protêt. Ils sont calculateurs, pugnaces, pointus. Pas un coup ne manque à mordre sa rainure.

Moquons-nous après des boutiquiers ! Ces méridionaux sont bien pire car ils veulent aussi, et peut-être avant tout, l'accès aux prébendes. Elles sont leur pays à exploiter et bientôt à enclore. Avec eux, on verra assurément la répression proclamée à la Chambre et la corruption réclamée à l'antichambre. On tirera vers le bas puis on tirera sur la foule. Ces gens vont triompher. Balzac le sait d'ailleurs. Tout comme il sait que je pouvais l'interdire aussi sûrement qu'il me l'a interdit. Le plus attristant est que les esprits sont courts autant qu'est longue la malignité : on fera de moi leur inspirateur. C'est aussi triste et commode que faux.

Je sais que je suis en partie coupable de ce malentendu. Je n'ai pas assez expliqué mes vues, même *spirituellement*. Pourtant, comme tous les politiques à qui les affaires donnent une expérience consommée et l'habitude de la parole, je suis un bon conteur. Mes anecdotes sont étincelantes et pleines de sens, mais peut-être y-a-t-il chez un homme de gouvernement comme moi tant de visages et tant de procédés que ce don n'a pu me pénétrer tout entier ni m'aider à éclairer mes intentions ?

Comment, par exemple, expliquer que je sois allé, avec Rastignac et contre mes propres plans, chercher le corps de Michel Chrestien sur les barricades[1] ? J'ai à moi-même mes secrets.

C'est là le prix qu'il me faut payer à l'incompréhension : le propre d'un grand homme est de dérouter le calcul ordinaire et jusqu'au plus intime. C'est sans doute pourquoi on ne m'a pas vu non plus expliquer mon apparente impassibilité devant le sort de la jeunesse, si identique à celui fait jadis à la nôtre. Je ne suis ni aveugle, ni oublieux, ni ingrat : je vois bien l'ilotisme où elle est maintenue à son tour, après sa glorieuse insurrection de juillet. J'observe comment s'amasse chaque jour une avalanche de capacités méconnues, d'ambitions légitimes et inquiètes. Elles sont chaque jour plus grosses, chargées de désillusions, de dissentiments et de colère. Les lois du trop-plein agissent lentement, sourdement au milieu de nous. Mesurant tout à l'avance, je devine les motifs d'une circonstance à venir, mais je ne peux pas prévoir la circonstance elle-même : je ne sais ni quand ni comment, mais j'ai la certitude qu'un choc ébranlera ces masses et qu'elles se précipiteront dans l'état de choses actuel et le bouleverseront.

Il y a toutefois des moments où on peut prévoir sans prévenir. Comme tous ces derniers mois durant lesquels il m'a fallu conforter un règne que d'autres forces menaçaient et récompenser les fidélités secrètes sans lesquelles les aventures politiques tournent court. Celles-là ne se seraient pas laissées oublier. J'ai dû lutter sur ces fronts abrupts qui en politique font des précipices et je dois, pour le bien public, taire ces combats. J'ai eu

1. Républicain tué au Cloître Saint-Merri le 6 juin 1832.

beaucoup à peser au bras de l'action comme j'ai dû arrêter des choix qui ont pu décevoir. Ils étaient ceux de l'homme d'État qui ne manque jamais au principe qu'il ne faut jamais dévoiler les choses à moitié faites.

Ironie : le temps, lui, m'a manqué. Je dois m'en consoler. Qui peut se flatter d'être jamais compris ? Nous mourons tous inconnus et je ne suis pas, je l'ai dit, disposé à donner mes secrets. Ce mystère sera encore un triomphe.

Je mourrai en charade vivante.

Mes phalanges[1]

We few, we happy few, we band of brothers.
Shakespeare

Si je devais choisir une devise qui me figure, j'irai la prendre à Moscou : *simul et singulis*[2]. Oui ! La devise de la Comédie française. Notre glorieux théâtre réorganisé par la volonté impériale depuis l'autre bout de l'Europe[3] et que ses coulisses relient, par la galerie d'Orléans, à notre comédie humaine.

Être ensemble et soi-même : formule coefficiente pour celui qui comprend qu'il ne faut pas s'engager isolément contre le monde, alors même qu'il lui faut être unique pour le dominer. Formule qui tend le glaive et le bouclier car la société est une arène. Derrière la tromperie des mœurs et la fourberie des lois, c'est une joute de tous contre tous qui se livre ; joute dans laquelle il ne faut pas être seul. Le grand point est alors de se reconnaître et se regrouper pour combattre. Mieux : dominer.

Pour ça, j'ai cherché non pas des hommes bons, mais des hommes bons à quelque chose. Nous venions d'horizons aussi éloignés que nos vues étaient proches ; et irréductible notre conviction : sans unité pas de puissance, sans arcane pas d'unité. Nous n'étions pas de ceux qui ne veulent jamais distinguer entre la constance et la fidélité : nous nous sommes liés par un pacte d'assistance mutuelle et absolue en une société secrète. Notre nombre a fait notre nom : on nous a appelé *les treize* ! J'étais le benjamin. Liés par une froide audace et assez hardis pour tout entreprendre, nous nous sommes faits assez profondément politiques pour dissimuler les liens sacrés qui nous unissaient. Tout comme nous avons toujours été assez mutuellement probes pour ne jamais nous trahir. Nous étions aussi tous doués d'une assez grande énergie pour être fidèles à la même pensée et assez forts pour nous mettre au-dessus des lois. Notre code était l'envers du code pénal et plus inflexible encore : nous n'avons jamais abandonné ni nos amis ni nos ennemis.

1. *L'éducation sentimentale ; (Flaubert) : « on constituera une phalange, on imitera les treize de Balzac. »*
2. *Etre ensemble et être soi-même.*
3. Décret de Moscou du 15 octobre 1812.

Nous avons servi une puissance supérieure, une et trine dans ses commandements : *libens-volens-potens*[1] ! Promis à l'ilotisme dans une société de gérontes, de faux-dévots et de parjures, nous avons créé un monde à part, hostile au monde, n'admettant aucune des idées du monde et ne se soumettant qu'à la conscience de sa nécessité. Tel a été notre enrôlement inconditionnel et souverain ; telle aussi la ressource d'avoir eu ensemble un secret de haine en face des hommes, car la haine exige tant de forces toujours armées qu'il faut s'y mettre à plusieurs quand on veut haïr pendant longtemps.

À son insu, la société toute entière nous fut occultement soumise. Nous sommes parvenus à la dominer par le seul jeu de notre volonté et de notre organisation (ce pacte a duré parce qu'il paraissait impossible). Nous fûmes ainsi treize rois inconnus, mais réellement rois et plus que rois car nous pouvions la parcourir de haut en bas ; dédaignant d'y être quelque chose en apparence puisque nous y pouvions tout. Le monde nous a alors appartenu dans toutes ses dimensions. Nous appartenions, en retour, à une chaîne sacrée dont chaque maillon répondait pour tous et qui allait du bagne à Cocagne. Nos terrains d'actions se rencontraient des plus obscurs galetas aux plus luxueux boudoirs. Nous nous méconnaissions en public, mais avions un pied dans tous les salons, la tête sur tous les oreillers ; nous étions sans scrupule et faisant tout servir à notre fantaisie. Nos aventures, si fécondes en drames, si elles peuvent se conter entre onze heures et minuit, il est impossible de les écrire. Qu'il me suffise de rapporter que nous n'avions pour seuls rivaux que ces dix autres rois silencieux de la finance qui se réunissent tous les mois au café Thémis[2]. Ou peut-être encore les douze membres du *Hellfire Club*[3] (mais qui se gardèrent bien de nous défier sur le continent).

D'où la tentation pour les esprits envieux et fiévreux de dire que nous faisions les fonds du crime et que chacun de nous s'était procuré un pouvoir diabolique conquis par la coopération de tous. On a même fait allusion, mentionnant ce pouvoir, à la treizième carte du Tarot, celle de la mort et de la renaissance initiatique. Fadaises ! Et par le jeu complaisant des symboles, on nous a donné une religion de plaisir et d'égoïsme qui nous aurait fanatisés et nous aurait amenés à recommencer la Société de Jésus au profit du Diable. Rien de moins. Enfantillages !

---

1. *Prêts – décidés – capables.*
2. Les usuriers, avec à leur tête Gobseck.
3. Créé par George Selwyn en Angleterre ; on lui prêtait des pratiques satanistes.

Ils sont bons pour les lecteurs de Charles Maturin[1] et de Lord O'Rhoone[2] ; ou Mme Ann Radcliffe[3], s'il en reste aujourd'hui. Nous n'avions rien à voir avec cet au-delà satanique ; moins encore à lui devoir. Ils ont toujours appartenus aux cabinets de lecture, à leurs épouvantes et crimes convenus. Ils y ont leur vraie place. Nous, c'est ici-bas que nous avons conjuré nos actions et échangé nos volitions. Nous n'y avons été possédés que de nous-mêmes. C'est sans doute pourquoi, à tort encore, on nous a appelé treize démons humains. J'admets toutefois que certaines de nos entreprises ont pu paraître surhumaines, passant directement du vouloir au pouvoir. C'est que nous avions la puissance matériellement acquise qui permet seule d'expliquer certains ressorts en apparence surnaturels. Pourtant, et ma mémoire ne me trompe pas, les actes commandés par cette pleine disposition de soi n'ont pu effrayer qu'après-coup : nous avons toujours dissimulé nos plans. Seul Balzac semble en avoir été instruit. Pour instruire en retour (ici chacun comprend mieux) un procès en caprices, jalousies et férocités.

Il a ainsi révélé – avec quel luxe de détails et de rebondissements ! – nos complots homicides contre Auguste de Maulincourt[4] ; notre enlèvement de la duchesse de Langeais au sortir du bal chez les Sérisy, l'abandon plus tard de son cadavre à la mer ; mon entreprise d'arracher Paquita Valdes[5] à la marquise de San-Real, commencée dans l'idylle et achevée dans le sang.

Sous sa plume, nous nous sommes presque retrouvés les descendants des assassins[6]. Avec tous leurs moyens criminels, les lois et qualité particulières des êtres crochetés, jetés en dehors de l'ordre social : le vol, l'assassinat, la ruse, la concussion, la force… et bien sûr, le goût maléfique d'en jouir. Tout a été diabolisé à l'excès nous concernant ; et cet excès, partout répété, a fini par constituer sa preuve. C'est un bon procédé pour le romancier. Un mauvais procès pour nous. Il est ainsi faux de croire que nous nous soyons complus dans la noirceur de nos entreprises. Nous n'avons pas non plus joui impudemment de la cruauté de nos actes. Nous avons préparé des crimes, c'est vrai, mais nous ne les avons jamais ni recherchés ni justifiés pour eux-mêmes. Nous n'avons jamais non plus été cette hydre dont chaque tête se serait donnée à toutes ; et toutes ensembles au maléfice. Cependant nous étions bien treize têtes sachant la même leçon sur notre état social. Treize esprits

---

1. Charles Robert Maturin (1782 1824) ; auteur de *Melmoth l'errant.*
2. Pseudonyme de Balzac quand il écrivait des romans gothiques.
3. Écrivain britannique (1764-1823) ; pionnière du roman gothique.
4. *Ferragus.*
5. *La fille aux yeux d'or.*
6. Secte ismaélienne meurtrière (active aux XIe et XIIe siècles).

tenant l'algèbre des calculs humains. Treize volontés qui s'étaient libérées des fausses promesses pour se soumettre aux vrais serments et treize cœurs valeureux prêts à en répondre. Treize bras vigoureux prêts à lever la lame pour chacun et treize mains agiles et sûres, dans leurs gants jaunes cousus d'une même peau. Treize mains qu'on pouvait dire d'une même phalange : nous étions pareils à ces hoplites qui, chacun répétant à part soi le péan en un mystérieux unisson, répondent d'un signe à l'appel. Prêts au combat, nous formions un groupe engagé sous son seul étendard. Une milice irrégulière. Des guerriers plutôt que des soldats. Un groupe et non une troupe : pour nous, la loyauté l'a toujours emporté sur l'obéissance et le courage partagé sur la discipline. De cette liberté, Balzac n'a voulu retenir que les épisodes où nous avons agi par convoitise ou jalousie. Commode réduction, car nous avons réussi en bien d'autres entreprises pour affermir notre prospérité. Le plus souvent, nos succès individuels n'ont été que la manifestation du succès de nos actions secrètes.

À cette époque, en revanche, nous ne nous sommes jamais mêlés de la vie politique. Nous tirions notre pouvoir de notre règne secret enté sur l'ostensible. Choisir la vie publique eut été nous perdre ensemble et chacun : les joutes du pouvoir n'offraient que des périls infructueux, des dévoilements inutiles et des occasions de dissentiment. Ainsi notre groupe, dans la première Restauration, ne s'est jamais rapproché de ceux qui grondaient et ourdissaient dans les bureaux surpeuplés de l'administration ou les rangs amertumés de l'armée. Aucun de nous, pas même Montriveau, n'a sottement et vainement comploté avec les Philadelphes, les Lallards, les Frères Moraves ; ou les Charbonniers[1]. La Charbonnerie ! Pour le coup, voilà qui nous aurait noircis ! Et peut-être raccourcis. Nous ne nous sommes jamais mêlés à tous ces commis surnuméraires, ces jeunes officiers ou demi-solde qui espéraient renverser le trône depuis une préfecture ou une caserne ! Soulèvements longtemps inventés, complots vite éventés : nous n'avions pas de ces rêveries car notre résolution était comme notre puissance : occulte, immense d'intensité et de rayon.

Cependant, malgré les succès aussi formidables qu'indicibles, les treize ont peu à peu souffert d'abstraction, ce mal propre à ceux qui toujours se soustraient, ne livrent rien d'explicatif ou n'expliquent que pour rajouter du mystère. Comme nous nous enrichissions, nos aventures s'appauvrissaient. Nos vies semblaient se dématérialiser pendant que l'histoire se réalisait sous nos yeux. À la fin, nous devenions des personnages de roman. Dans le même temps, par un paradoxe rien

1. Groupes révolutionnaires ou insurrectionnels sous la Restauration.

moins qu'apparent, Balzac lui-même semblait se désintéresser de nous. Nos mystères l'avaient lassé. Il me semble également qu'avec la mort de l'Empereur, c'est comme si un précepte de vitalité et de révolte, lointain mais puissant, avait disparu ; avait comme dissous les liens de cette vie secrète. Avec l'exil, son éclat s'était grandi jusqu'au mirage. L'aimant s'était fait pôle. Sa disparition laissait chacun dérouté.

Peut-être enfin commencions-nous à être nous-mêmes lassés de notre pouvoir sans borne, de nos succès sans loi, mais aussi sans destin. Nous pressentions qu'il ne faudrait pas se retrouver un jour comme Ferragus, regardant d'un œil vide un jeu de boules[1]. Et puis je tenais, par l'abbé de Maronis, que le point essentiel est de savoir s'écarter à temps.

J'ai donc, vers1827, peu à peu pris mes distances pour me mettre dans les rangs de ceux qui allaient renverser le système. Je me suis placé derrière Talleyrand, le seul homme qui ait une de ces têtes où se forgent à neuf les systèmes politiques par lesquels revivent glorieusement les nations. Certains ont cru pouvoir dire que je quittais la règle des treize couverts pour me placer devant celle des douze tables[2]. C'est un mot pour rien. Mon entreprise était à la fois plus simple et plus complexe : je sentais qu'il vient un âge où la plus belle maîtresse que puisse servir un homme est justement sa nation et que vers trente ans tout commence à se chiffrer. J'ai alors, sans regret, assagi mes caprices et je me suis mis en marche en réglant mon pas sur celui, fameux d'obliquité, du Prince. J'ai emprunté son chemin ainsi que son approche des hommes et des événements. Je me suis, comme lui, trouvé secrètement chinois. Si je n'ai pas tué le Mandarin, j'ai possédé son esprit entièrement. Par une télépathie dont je n'ai pas eu l'arcane, c'est comme si j'avais suivi son école pour apprendre ses idéogrammes et ses préceptes les plus celés. Leur sens n'a pas eu plus de mystère pour moi que le *Mane-Thécel-Phares* inscrit sur le mur[3].

Oui, je me suis rencontré chinois et personne n'en a presque rien deviné. J'ai alors compris que le temps est un agent aussi silencieux qu'invincible pour qui sait, jour après jour, prévoir ou orienter son cours. Qu'il faut savoir l'observer longtemps ; car il sape aussi insensiblement qu'irrésistiblement ce qui doit disparaître et porte ses puissances fluviatiles, depuis le cours des événements les plus modestes vers les fracas des événements les plus glorieux. Il se place toujours au principe du grand théorème de l'action : l'attente se fait dispositif ; le choix du moment d'agir, haute politique. Voilà comment je me suis porté héri-

---

1. *Ferragus* ; la fin.
2. Tables contenant le premier droit romain écrit qui rompt avec le droit oral et religieux.
3. *Pesé, compté, divisé,* présage ésotérique et funeste dans le *Livre de Daniel*.

tier du pouvoir sachant qu'il était à ce moment là préférable de ne pas gouverner et d'attendre : un beau jour il tombe entre vos mains sans vous écraser.

Les circonstances allaient me servir avant que je ne puisse les servir à mon tour, j'en étais persuadé. J'ai travaillé alors chaque jour à l'affaiblissement de ce trône moulu et vermoulu. Ma taraude a été aussi déterminée au-dedans qu'indiscernable au dehors. J'ai joint l'apparente souplesse à l'énergie recelée pour soumettre ce pays le plus femelle du monde ; où l'effarouchement et la perfidie tiennent lieu de courage et d'opinion.

Mon silence a gardé, tous ces mois, ma détermination. Je me suis répété l'avertissement de Richelieu : poursuivre lentement l'exécution d'un dessein et le divulguer est comme parler d'une chose et ne pas la faire. Il faut au contraire se taire, s'emparer du pouvoir et agir. J'ai aussi appliqué chaque jour le traité d'Oppien[1] ; disciplinant ma ruse et persuadé que qui ne sait tendre des pièges ne sait les éviter. J'ai avancé aux aguets, sans répit et sans bruit. C'est peut-être pourquoi on a dit que je suis arrivé au gouvernement en chaussons de lisière[2]. Ce qui n'est guère aimable, une fois encore. Plus certainement, j'ai mené ma course d'Antiloque[3] à sabots feutrés.

Balzac survole cette métamorphose et n'en dit presque rien. A-t-il cru, l'heureux homme, que le pouvoir se cueille sans effort comme la pomme sur l'arbre ? D'une seule main ? Qu'il suffit de tendre le bras ? Non ! Le pouvoir se prend et jamais tout seul. Même Bonaparte a eu son Joseph. Voilà pourquoi j'ai constitué ma faction politique en 1828. Voilà comment j'ai abandonné le duel secret que je livrais à la société et son atroce pouvoir. J'ai d'abord cherché mes alliés chez les hommes en place, tous prêts à défendre au dehors le règne que nous aurions choisi : mon père naturel qui faisait partie du ministère anglais, les Evangelista qui nous donnaient l'Espagne (avant de nous trahir) ; la Roche- Hugon qui était ambassadeur en Allemagne ; Ronquerolles qui était ministre ; Sérizy qui menait le Conseil d'état ; Granville qui tenait la magistrature ; Montriveau qui était lieutenant général ; les Grandlieu admirablement bien en cour… J'avais aussi un pied dans toutes les capitales, un œil dans tous les cabinets. Peu à peu, j'ai enveloppé l'administration et j'ai placé mes hommes. Parfois brutalement, sur les derniers temps de l'ancien règne : imposer autrui, n'est-ce pas faire acte de pouvoir, se donner le droit de mépriser ceux qui, trop faibles, se laissent ici-bas dévorer ?

---

1. *Traités de la pêche et de la chasse.*
2. Chaussons souples et silencieux.
3. Lors des jeux funèbres en l'honneur de Patrocle, course où la ruse a été pratiquée.

Puis, j'ai trouvé mes supports intérieurs chez tous ceux qui luttaient contre le parti-prêtre : nous avons fait alliance avec la Fayette et les orléanistes ; et même avec la gauche (gens à égorger le lendemain). Nous étions capables de tout pour le bonheur du pays et pour le nôtre.

Nous voulions renverser les suppôts de la Grande Aumônerie ; groupe dépourvu d'idées neuves, ayant adopté tous les préjugés sociaux pour se dispenser d'avoir une opinion : les Vandenesse, les ducs de Lenoncourt, de Navarreins, de Langeais... Illusoires sommités ! Dans la conduite des affaires, les prestiges de la fortune et du nom sont souvent les gardes qui empêchent les critiques de rentrer jusqu'à l'intime existence. Nous, nous avions pénétré leur nullité profonde masquée par un haut rang, l'illustre naissance, un certain vernis de politesse, une grande réserve ; et les bonnes manières qui préparent si bien aux mauvaises. Notre sentence était sans appel, même si son exécution s'est remise aux mains des circonstances et au lendemain des troubles qui se préparaient. Nous savions qu'il faudrait alors faire jouer la rue et s'installer au plus vite dans les ministères : les gens faibles se rassurent aussi facilement qu'ils se sont effrayés. Il fallait être aussitôt dans la place pour faire la nôtre.

C'est ainsi que j'ai formé et conduit le groupe qui a gagné un trône à la loterie des révolutions : quand une occasion se présente, elle ne me saute pas des mains. Je suis devenu Premier ministre. Ceux qui m'avaient servi se sont élevés avec moi : j'ai pris Rastignac et le grand Cointet[1] dans le cabinet ; Ronquerolle est devenu l'ambassadeur le plus habile après le Prince de Talleyrand ; Maxime de Trailles a eu des missions secrètes et considérables. Blondet prendra plus tard une préfecture et, avec elle, sa vraie filiation[2]. Beaucoup auront la pairie. Plus encore auront la Croix. Aux affaires, j'ai pratiqué le seul gouvernement qui vaille : je me suis rassemblé sur mes amis et j'ai divisé mes opposants. J'ai fait la somme des intérêts à vendre dont j'ai retranché les fidélités feintes, les complots sans théorie et les trahisons sans moyen. J'en ai fait une majorité et un gouvernement à ma main et à mon nom ; sachant que le faubourg se moque des ministres qui ne sont pas gentilshommes, mais ne peut donner de gentilshommes assez supérieurs pour être ministres. J'ai ainsi pu choisir les plus capables et certains que je savais capables de tout : on ne se maintient pas au pouvoir autrement.

Puis, je me suis fait puissance territoriale agissante. J'ai fait voter les lois qui bientôt vont permettre de couvrir notre pays de routes, canaux et chemins de fer. Les préfets ont reçu instruction de se mettre au service

1. Sur les frères Cointet cf. *Les illusions perdues*.
2. Son père légal était juge ; son père naturel Préfet.

de ces projets. Certains intérêts privés y gagneront assurément beaucoup, mais nous allons rattraper notre retard sur nos rivaux et pouvoir livrer les combats de demain : ceux du commerce et de l'industrie. C'est un armement doublement diplomatique : à nos frontières, notre pays n'inquiète plus ; à l'intérieur, on se désinquiète mutuellement.

Partout les fondations du nouveau règne se cimentent en silence et si je sais que ma méthode est critiquée, je sais également que ceux qui vont me succéder m'imiteront.

Le nouveau règne

La monarchie de Juillet n'est qu'une société par actions.
Balzac

Les figures les plus signalées du nouveau règne s'en vont. Casimir Périer nous a quittés il y a deux ans ; laissant les affaires avant qu'elles ne le laissent. Talleyrand vit ses dernières semaines, tout comme moi ; hormis qu'il a su s'entourer des plus hautes bienveillances, livrer des charades patriarcales et qu'il marchande sans faiblesse sa résipiscence. Son ami Montrond a résumé cela d'un mot féroce, *le Prince négocie pied à pied bot avec l'Eglise.* Il s'apprête à jouer une belle fin chrétienne. Elle fera passer pour peccadilles ses fautes, sa simonie et ses intrigues passées. Il y mettra tout son style. Ce style qui n'est qu'à lui, quand bien même il l'a prêté à dix régimes. Sans jamais le leur abandonner. On devine donc que c'est sur moi que tombera l'essentiel du blâme posthume pour les mauvaises mœurs, les duretés et les marcescences du nouveau règne.

On dira, on ira répétant, que mes intrigues et celles de mes acolytes ont favorisé l'installation d'un régime miné, de haut en bas, par la médiocrité, la corruption et la hideuse morale bourgeoise. Qu'avec nous, une tournoyante et captieuse volute d'or a gagné la société jusqu'à ses sommités. Jusqu'à un Roi-épicier. Pis : on dira que nous avons mis Robert Macaire[1] sur le trône et le trône sur un comptoir. Que nous avons placé au dessus de la Charte la toute puissante pièce de cent sous et installé à la Cour une haie d'hommes sans esprit ni portée ; ni gloire ni science ; sans influence ni grandeur.

Alors, on me présentera, sourire aux lèvres, comme le plus grand de ces hommes et d'une classe politique entière qui, parce qu'elle se rapetisse, rapetisse la France. On ajoutera finement que le pouvoir nous laisse tels que nous sommes et ne grandit que les grands…

Plus particulièrement, on me rendra responsable pour l'inhabileté de ceux qui dirigent et pour la disette d'intelligence qui s'observe aujourd'hui dans la sphère de gouvernement. Mais on me jugera aussi

---

1. Personnage affairiste sans scrupule créé par Benjamin Antier ; auquel on a souvent associé Louis-Philippe.

pour les escobarderies et filouteries politiques de ces trois cents bourgeois assis sur des banquettes qui délaissent les arts et les lettres et ne s'occupent, à leurs propres fins, que de fiscalité et de pénalités : une députation décrépite qui, en guise de pensée, pousse le lieu commun jusqu'à l'idée. Une Chambre qu'on appelle ironiquement de juste milieu parce qu'elle est d'abord une antichambre ; ensuite parce qu'elle est injuste et déviée. Une chambre commise aux intérêts. Une Assemblée remise par scrutin à une commandite votant des lois où pas un article n'arrive à l'absurde ; sauf sur le point de la propriété et du péculat. Des lois qui sont des toiles d'araignée à travers lesquelles passent de grosses mouches et où restent les petites. Et puis, sous peu, on raillera haut la brutale indifférence du pouvoir pour tout ce qui tient à l'intelligence, à la pensée et à la poésie dans une époque qui aime les petits plats, les petits appartements, les petits tableaux et les petits livres ; dans un temps où l'on déteste ce qui se tient droit et resserré d'orgueil ; dans un temps où l'on s'avachit en croyant s'installer.

Balzac, l'un des plus sévères, parle déjà d'un règne gras comme on dit le Veau Gras. Custine[1] raille une monarchie négociée ; comparse d'une ploutocratie du négoce et dont les seules actions sont celles qui s'échangent à la Bourse. Ces plumes appuient juste : il serait vain de nier ce que tout un chacun peut voir ou entendre. L'argent est devenu le véhicule pratique du pouvoir. Rien ne circule qui ne l'emprunte. Tout comme il est le fond de la langue politique. Nul ne tient plus à ses opinions ; ni à ses paroles. Toutes sont indifféremment à vendre ou à acheter. Tout se formule dans une pensée prostituée, une doctrine avide et idémiste qui se conjugue aux deux temps du présent et de l'immédiat futur. Seules les dupes et les habitants des boutiques, cette chair à bons citoyens, s'accordent aux autres règles et se soumettent encore à la vertu mercantile des religions.

Oui, il est vain de le nier : nous sommes dans un moment où la richesse se constitue en une sorte d'ordre équestre qui bannit les malheureux et qui ne laisse rien au débiteur sans argent ; où l'État, assailli pour la moindre place publique, demande fortune au solliciteur. Un monde où ne pas réussir est un crime de lèse-majesté sociale et où, par inverse conséquence, une oligarchie d'intérêts, qui ne regarde pas aux moyens, s'est installée et triomphe au sommet de l'État. À présent, Paris accueille complaisamment toutes les fortunes honteuses. Vous pouvez bien avoir volé un million, vous êtes marqué dans les salons comme une vertu. Récemment, on a même pu voir la naturalisation de vulgaires étrangers

1. Astolphe de Custine (1790-1857), écrivain.

sans talent, intronisés à la chambre des pairs ; ceux-là pour avoir supérieurement banqueroute[1].[2]

Cette situation mérite peut être l'opprobre pour beaucoup. Moi, au contraire, je la juge souhaitable car elle pousse au devant les forces de notre progrès. Inévitable même pour rattraper le retard de production sur l'Angleterre qui en commande tant d'autres ! Depuis l'échec du blocus impérial, chacun sait que la puissance ne se mesure plus aux bouches nourries ni à celles d'artillerie. Balzac le reconnaît d'ailleurs, de mauvais gré, quand il écrit que c'est à la fortune qu'à présent doit aller la devise jadis frappée aux fûts des canons de Louis XIV, *ultima ratio mundi*[3] ! Je tiens donc que notre prospérité a besoin de ce nouveau patriciat de la banque, de l'industrie et du commerce.

Aujourd'hui, on nous prédit qu'une coterie des affaires va bien vite nous conduire à une aristocratie du coffre-fort. Une aristocratie qui ne se reconnaîtra aucun devoir comme on la reconnaîtra sans grandeur puisqu'on ne peut rien demander de grand aux *intérêts*. Une aristocratie commandant elle-même à toute une société industrielle et tracassière, conglutinée d'intérêts et de calculs ; alourdie d'hypocrites convenances ; gonflée de hardiesse et de philistinisme ; pesant sur chacun de tout le poids de ses nécessités comme de ses fausses suprématies ; où l'homme se contracte sous ces compressions sociales (sauf l'homme en gomme élastique, propre à réussir dans les temps neufs : lui reprend toujours la forme de ses intérêts).

Partout on décrit et décrie un état social perverti et déchu par de scandaleux exemples ; comme celui du bas commerce qui a répondu, ces dernières années, à la perfidie des conceptions du haut commerce par des attentas odieux sur les matières premières. À ce niveau, tout se retrouve durci, avili, aplati. Chacun ne tend la main que pour saisir son bien, un billet ou la plate truelle de la médiocrité avec laquelle le lendemain s'édifie. Je vois tout ceci. J'en sais depuis longtemps les présages : on se fait aruspice quand on pénètre le pouvoir. J'ai ouvert ses entrailles bien avant la révolution de juillet[4]. Je ne livre donc pas ici un faux augure.

Certes, non ! Ce n'est pas depuis juillet que chacun s'incline et vient baiser la patte fourchue du Veau d'or ! Ce n'est pas depuis juillet que tout bonheur matériel repose sur des chiffres. La nouvelle monarchie n'a pas inventé le bourgeois renté et gastrolâtre. Celui-ci prospère depuis

1. Allusion au baron Nucingen, fait Pair de France en 1830, après sa faillite frauduleuse de 1827 et dont le produit a été mis pour partie au service du nouveau roi.
2. Décret du 21 novembre 1806.
3. *Le dernier argument des rois.*
4. 1830.

vingt ans : gros appétit greffé sur un petit caractère, il glisse à la ramasse sur toutes les occupations de la vie et son esprit se voue totalement à la possession et au repos. Depuis son émancipation, il veut arriver *per fas et nefas*[1] au paradis terrestre du luxe et des jouissances vaniteuses.

Ce n'est pas de juillet non plus que l'argent a donné la considération, le succès, les talents ; l'esprit même et qu'il permet de se fabriquer de la joie. À l'inverse, notre nouveau règne et son matérialisme n'ont pas décrété la solitude et l'envie moderne. Ce n'est pas lui, non plus, qui a mis dans les esprits ce beau mot d'égalité qui depuis trente ans veut dire dans notre langue ensemble le droit de jalouser son prochain et le souci de le dépasser. Ah ! La belle bataille morale de 89 ! Depuis elle, chaque Français regarde toujours du degré où il est au degré supérieur et, s'il plaint rarement les malheureux au-dessus de qui il s'élève, il gémit toujours de voir tant d'heureux au-dessus de lui.

Si l'égoïsme est aujourd'hui la tare et le fléau de toute la société, que tout s'y contrepèse, c'est que nous vivons dans un monde où chacun est l'artisan de sa propre fortune et s'estime en droit de tout lui soumettre et de tout lui réclamer. Si seulement, alors, chacun obéissait au commandement de César Borgia ; son fameux *ce que tu as la force d'être tu as aussi le droit de l'être* ! Cela nous vaudrait des triomphes et des merveilles politiques. Mais pas : nos faubourgs, nos commerces, nos études, nos banques, nos salons ne sont pas la Curie. L'excessive concurrence et l'excessif développement de la vie personnelle a simplement exaspéré l'orgueil et rabaissé les sentiments au niveau des procédés. À la fin, il n'existe plus que soi et ses intérêts. Les intérêts ! Leur somme s'augmente chaque jour et obstrue toujours plus toute pensée pénétrante de sa colossale épaisseur. Les opérations, les calculs font et défont chaque jour mille vies dans un monde qui lui-même se fait, au hasard des poussées, d'une juxtaposition de réussites personnelles et de hasards déchus. Notre époque porte cette masse nerveuse en son sein comme on chauffe le serpent et nul physiologue n'a encore pu sonder sa poche nourricière : l'argent. Non personne, hormis Balzac, n'a encore saisi l'omnipotence, l'omniscience, l'omniconvenance de l'argent. C'est dorénavant notre grand axe, notre grand principe, notre grand objet social. Il est devenu le seul pivot, l'unique moyen, l'unique mobile de chacun. Il s'empare de tout pour le réifier pendant que chacun s'en saisit pour le déifier. Tout aujourd'hui a son prix ; jusqu'à l'intime. Comme la société fait l'homme suivant le lieu où son action se déploie, l'ordre social entier en procède : ainsi Nucingen, qui résume la vie en brutales maximes, aime-t-il dire que sa femme est la représentation de sa fortune.

1. *Par tous les moyens.*

Il est vrai que cet état a produit des prodiges matériels pour les êtres privilégiés auxquels profite le nouveau mouvement de fabrications et d'affaires. Pour eux, jamais la vie urbaine n'a été plus heureuse, brillante et confortable. Jamais leurs quartiers n'ont été plus agréablement lotis ; avec des rues largement tracées et habilement redressées ; des abords puissamment éclairés ; des arrière-cours et des sous-sols ingénieusement cuvelés et adductés.

Jamais non plus les immeubles n'ont été aussi rapidement ni aussi bien bâtis. D'entières cargaisons de pierres, d'ardoises et de bois viennent, par la Seine, de toute l'Europe pour bâtir des quartiers aussi neufs que les titres de leurs propriétaires. On a ainsi vu s'élever, en trois saisons, un Hôtel pris au crayon du meilleur architecte. Un autre encore, de style troubadour, s'est édifié entre les fiançailles et les bans d'un célèbre ménage. Il faut moins d'une année aujourd'hui pour achever une folie architecturale aussi parfaitement conçue que réalisée dans toutes ses parties ; là où il fallait jadis presque deux générations, des éboulements imprévus, des devis réfutés, une ruine annoncée et un mariage salvateur pour bâtir un de ces ouvrages magnifiques par la façade, mais remplis d'incommodités et de repentirs.

Jamais en vérité une classe nantie ne s'est épanouie dans un tel cadre. Pour le luxe et le confort, les vénérables immeubles du faubourg Saint-Germain ne sont rien comparés aux hôtels de la Chaussée d'Antin qui n'ont pas dix ans.

Tout promeneur peut en juger : leurs extérieurs sont richement et hautement appareillés de pierres. Aucun moellon grossier ne vient remplir les murs de refends ou d'étage. Les fenêtres y sont larges et vont sur toute la façade[1]. Souvent même, l'attique possède ses châssis vitrés et non ces tristes papiers huilés derrière lesquels si souvent grelottent encore les gens d'augustes Maisons.

À l'intérieur, on circule dans un luxe vraiment magnifique et, pour les dames, efflorescent. Chaque pièce a des proportions qui révèlent la puissance des charpentes, la hardiesse de la maçonnerie, la puissance du chauffage, l'ingéniosité de son briquetage et de ses chemisages. Partout la propreté est anglaise. L'eau monte quand l'ordre descend grâce à un système de cordelettes, signaux et clochettes qui n'a d'équivalent que dans certaines demeures de *Mayfair* et qui libère heureusement le personnel de ses inactives stations aux étages (partout ailleurs source de tant d'indiscrétions). Chaque soir, chez les Keller, les du Tillet, les Nucingen, on y donne ces fameux bals de banquiers où la lumière est versée par mille bougies. Ces fêtes y sont toujours à la gloire du progrès,

---

1. Allusion aux occultations opérées pour atténuer la taxe sur les portes et fenêtres.

de la grandeur d'établissement et des fortunes faites. Nul n'ira trop regarder aux livrées ni aux livres. Nul non plus n'ira chercher l'art véritable sous tout ce luxe car nul ne s'en soucie.

Pour la décoration, les meilleurs parqueteurs et tapissiers, les plus habiles ébénistes, les plus prodigues stucateurs auront œuvré, avec la consigne de faire imposant et somptueux. L'œil ne rencontrera pas de chef-d'œuvre car le chef-d'œuvre ne se met pas en devis et ne peut pas se recopier (il n'y a justement rien de spirituel quand on veut uniquement frapper les esprits). Ceux qui se sont mis au service de ces notoriétés de pierre et de marbre sont des artisans qui savent compter et rendre compte. Les sculpteurs et les peintres enrôlés derrière eux sont là pour compléter les décors. Tel notre célèbre Pierre Grassou, bientôt de l'Institut. Il peut, avec ses trois grammes de talent et un petit gramme de couleur grasse, vous peindre à la commande un portrait en pied, une verdure ou une bataille. Il y mettra beaucoup de *goldwarm* pour faire hollandais, ou alors des ciels bien pommelés pour faire classique. Il contrefait beaucoup ; mais il est à la mode, alors il est cher. Il rendra sa copie à l'heure. Avant, il aura envoyé sa facture car c'est un homme d'ordre. Il place chaque année 20 000 francs chez son notaire. Et puis il a la Croix. Il la tient de Charles X, ce qui lui confère malgré tout une forme de distinction. Et d'un seul tableau[1]. Bixiou, qui a la dent aussi dure que la pointe du crayon[2], dit que c'est la seule fois où son art l'a crucifié.

Oui, ce nouveau patriciat s'est constitué un décor sans précédent et sans antécédent. Un décor qui doit autant aux emprunts qu'il doit aux prêts. Tout n'y existe que par le mouvement et par le nombre. Pour l'animer, on trouve à toute heure une foule d'obligés à remerciements, de flatteurs à baisemains et de niais à compliments. Rien n'y est jamais gratuit, mais personne ne s'en soucie et chacun sait qu'avec l'or on peut créer autour de soi les sentiments qui sont nécessaires à notre bien-être : l'opulence a de beaux privilèges et les plus enviables sont ceux qui permettent de développer ces sentiments dans toute leur étendue, de les féconder par l'accomplissement de leurs mille caprices et de les environner de cet éclat qui les agrandit, de ces délicatesses qui les rendent encore plus attrayants. Ce mouvement se renforce chaque jour de lui-même car le bonheur et le malheur vont là où il y a le plus de l'un et de l'autre.

---

1. *La toilette d'un chouan condamné à mort* ; en fait un plagiat d'un tableau de Gérard Dow.
2. Il est dessinateur.

Décors, clientèles, affaires : le nouveau patriciat a définitivement installé l'éclat de son pouvoir comme le triomphe de ses manœuvres. De là, cette impression de jouvence et de puissance, d'éclatante démonstration et de calculs recelés, de scène éclairée et de profondes coulisses. Profondes pour chacun. Car si on peut admirer ce monde oisif, heureux, renté, il ne faut jamais oublier la violence qu'il dissimule, les combats qui s'y livrent, les pièges qu'on y tend. Sous ces lambris s'agitent des hommes, des passions, des nécessités. Chacun, sous les plus aimables approches, y conçoit l'autre comme une proie. Dans cette jungle, les uns chassent à la dot, les autres chassent à la liquidation, ceux-ci pèchent des consciences, ceux-là livrent leurs abonnés pieds et poings liés. Aux brillants miroirs se lisent les plus souriantes et infâmes conjurations. Les détroussages les plus ourdis se murmurent, une coupe à la main, comme un bon conseil. Sous les hauts plafonds se développent les plus basses intrigues. Les assassinats de grand chemin sont des actes de charité comparés à certaines combinaisons financières qui s'embusquent entre deux embrasures. Je sais tout ceci ; rien ne m'a échappé. Sous les dehors les plus déliés, les saillies les plus futiles, j'ai l'observation du moraliste. Le reste, je le devine. Pourtant, j'ai accepté de me mettre sous la lumière et à la hauteur de cette époque.

Cela justement parce que je plane au dessus de cette société nouvelle et que je peux la juger froidement. Je ne suis pas académicien social à calculer des dots. Né riche, j'ai eu l'esprit, on le sait, de marier une femme riche. Anglaise de surcroit. Ce qui fait dire ironiquement à Blondet que personne n'ira me tirer le bras par l'outre-manche. De l'autre, je n'ai pas eu à mettre la main dans certains sacs, ni à acheter en prête-nom des titres miniers du *Wortschin*[1].

Bien sûr mes détracteurs, jamais en mal de désaveu, affirment que je suis justement trop riche pour avoir des convictions et des pensées de gouvernement. Trop riche ? Il est vrai, je le répète, que je n'ai pas eu à descendre au calcul des intérêts journaliers et mesquins de l'existence ; que je ne sais rien de l'argent véritablement gagné et qu'il m'a manqué de ressentir, quand on l'obtient, la colonne fantastique qu'il dresse en soi et sur laquelle on s'appuie. Je n'affiche pas non plus la fameuse bosse de l'acquisivité qui annonce, comme l'a si bien montré le grand Lavater, les esprits voraces ou hautement mercenaires. Ni non plus la physionomie-moloch d'un Nucingen où se lit, par le bas du visage, l'appétit effroyable et indifférent du bourreau d'argent. Non ; la richesse qui a été autrefois pour moi un brevet d'impertinence est aujourd'hui le moyen d'une puissance sociale durable. D'où mes deux règles de conduite : de

1. Allusion à Rastignac, complice de Nucingen dans la faillite frauduleuse de 1827.

la fortune agréablement gaspillée, il faut d'abord savoir si on possède le capital ou si on l'attend. Second principe : après que l'on s'est reconnu homme d'État, il faut agir pour n'avoir jamais à rentrer dans le néant de la fortune sans pouvoir.

Je sais qu'il est des destins fameux pour démentir mes théorèmes et que chaque jour beaucoup de ceux qui cherchent la fortune commencent par l'emprunter. Toujours la même ardeur précipite depuis la province nombre d'ambitions imberbes qui s'élancent la tête haute, le cœur altier à l'assaut de la réussite *fashionable* ; cette espèce de princesse Tourandocte des *Mille et un Jours* pour laquelle chacun veut être le prince Chalaf. Ces jeunes ambitieux commencent par engager le pécule d'une sœur ou d'une mère attendrie pour jouer les coryphées du dandysme. Ils font des dettes chez le tailleur, vont en voiture même si c'est le ventre vide pour aller déposer, en à-valoir, un bouquet et leur carte. Ils savent que la course à l'argent réclame, pour devenir riche, d'abord de le paraître et tous veulent arriver par l'affection protectrice d'une femme riche ; cette ligne droite tout en courbes. Leur temps est compté car à Paris il faut un capital énorme pour exercer l'état de joli garçon. Je réussirai ! Le mot du joueur, mot fataliste qui perd plus d'hommes qu'il n'en sauve : croyant défier le destin, ils deviennent pour la plupart les esclaves des circonstances. Tout à leur audacieuse entreprise, ils pétitionnent en riant qu'ils ne peuvent perdre que la fortune qu'ils cherchent. Pourtant, seuls ceux qui la possèdent réellement vivent sans trembler. Ceux-là ne craignent ni leurs chimères ni l'ivresse. Ils ne rêvent pas le luxe en rêvant l'exercice du pouvoir. Ils s'y préparent et s'y règlent comme je m'y suis jadis préparé et réglé ; et ils savent, dès ce moment de la vie, que la concentration des forces morales en décuple la portée.

C'est cette part minime de la jeunesse qui vient s'enregistrer sur le livre des espérances et s'apprête à encaisser ce que l'autre massivement escompte. Aussi, combien de destins d'abord perdus d'illusions pour s'abréger d'illusions perdues ! De ces rêves où les jeunes gens, montés sur des *si*, franchissent toutes les barrières… Presque tous s'achèvent par des lassitudes jouées et des recors déjoués ; ou sinon la prison. Un suicide parfois. Mais le plus souvent, on rentre discrètement chez soi et l'on se marie avec une jeune personne qui donne l'éligibilité. C'est vrai cependant ; il se rencontre, sur mille de ces présomptueux, l'un d'eux qui après avoir durement emprunté à sa famille riche de trois mille francs de rentes, finit par faire une fortune de trois cent mille[1]. C'est un multiple d'exception, ce n'est pas une règle.

---

1. Allusion à Rastignac.

Et si-tenté ? Bien torse, car pour convertir l'amour en instrument de la fortune, notre ambitieux aura d'abord bu toute honte et renoncé aux nobles idées qui sont l'absolution de la jeunesse. Pour n'avoir plus à se crotter en allant à pied, il aura pris une bonne fois un bain de boue. Il aura rampé, manœuvré, trahi, concussionné. Qui a jamais calculé le prix nocturne de ces triomphes ? Il y a des fantômes de la conscience qui vous font des nuits sans secours, même des drogues ou de l'orgie. Il n'existe pas une seule personne qui connaisse l'horrible odyssée par laquelle on arrive à la réputation, la renommée, la célébrité, la faveur publique.

Quant à mon second théorème – qu'il ne faut jamais rentrer dans le néant des fortunes sans pouvoir – je veux bien d'abord le contredire, puisque c'est pour mieux me prouver après.

Il est d'abord évident que la fortune vous apporte souvent, juste après les honneurs, la puissance politique. C'est pourquoi l'on voit aujourd'hui Nucingen traiter en égal avec le régime. Mais l'argent n'est cette puissance que quand il est en quantités disproportionnées et seuls des êtres d'exception peuvent ainsi l'accumuler. Il est même arrivé qu'il touche à un pouvoir encore supérieur, presque sacré ; qu'aucun souverain ne peut atteindre. Ici, à Paris, il s'est constitué au café Thémis près du pont Neuf une sorte de Saint-Office où on pèse les hommes comme l'avare pèse ses pièces d'or. On y juge les actions les plus indifférentes de tous ceux qui possèdent une fortune et on y possède plus largement les secrets de toutes les familles. Il est composé d'hommes assez riches pour acheter les consciences de ceux qui font mouvoir les ministres, depuis leurs garçons de bureau jusqu'à leurs maîtresses. Ses membres se nomment Gobsek, Palma, Werbrust, Gigonnet ou Claparon ; tous rois silencieux et inconnus et pourtant arbitres des destinées. Ils tiennent les livres où ils inscrivent les destins de leurs débiteurs. Ils sont les inquisiteurs délibérant de cette géhenne moderne : l'usure. Gobseck singulièrement, qui, depuis la rue des Grès, peut tout mouvoir sans s'émouvoir et peut incidemment révéler la vie de la moitié des femmes de Paris : un luxe extérieur, des soucis cruels dans l'âme.

Moi-même, sans dette et sans crainte, je reconnais le pouvoir de ces hommes. *Possessores sunt potiores*[1] ! Ce n'est pas toutefois à ce pouvoir, ni à ce néant là auxquels je pense, mais à la vie éphémère qu'a menée le faubourg Saint-Germain sous la Restauration et à laquelle il n'a pas su donner de consistance. Par aveugle dédain, ses plus illustres familles, les Chaulieu, les Navarreins, les Grandlieu, les Lenoncourt… ont laissé

1. *Les possesseurs ont l'avantage* ; principe dit des *Pandectes d'Ulpien.*

leur pouvoir passer la Seine. Puis, sans plus de soutien du petit Château[1] ni d'emploi, elles se sont enfoncées dans une bouderie alternée entre leurs terres et leurs Hôtels. Elles s'y abusent depuis lors. Lorsqu'elles sont dans leurs châteaux, elles croient avoir leurs visiteurs avec elles ; lors que ceux-ci ne sont qu'au plaisir d'être reçus, avec par dessous celui de calculs plus obscurs. À Paris, elles grimacent une froide et muette désapprobation que personne ne vient plus lire à leurs lèvres (sauf peut-être Balzac).

En société, elles affichent avec défi, si pas avec constance, leur réprobation. Avec défi puisqu'elles connaissent l'implacable loi : le monde nuit invariablement à qui le néglige. Sans constance, car on observe dans leurs rangs les mœurs les plus discordantes et les pensées les moins suivies. Le faubourg n'est ni compact dans son système, ni conséquent dans ses actes. Il n'a pas abandonné entièrement les idées qui lui nuisent, sans adopter pour autant les idées qui pourraient le sauver. On le surprend à hésiter jusque dans ses catilinaires. Dans ses salons on ne trouve plus d'idées décisives. Elles sont passées, comme l'énergie, dans les péroraisons étiolées, les jugements vétustes, les lazzis attardés ; dans mille singeries et simagrées de boudoir où on ne trouve pas plus d'affections que de jugement, car c'est un monde dans lequel l'abus de jouissances sociales a tué les sentiments.

Et pourtant ! L'orgueil qui anime cette antique comédie, le mépris élégant, les préjugés eux-mêmes qui défendent cette caponnière, lui conservent un ton unique et lui confèrent encore un pouvoir extravagant. Quand partout l'individu vient gesticuler avec ses prétentions à la réussite ; quand à chaque instant se développe une activité grossière qui veut et vient mettre un prix sur tout ; quand le goût lui-même est traité en marchandise, les familles légitimistes répondent assemblées à l'assaut de l'instinct sur la distinction ; au brutal triomphe du seul sentiment vrai que la nature ait mis en nous : celui de notre conservation. Même les vénérables règles d'alliances et de cousinages du faubourg plient sans rompre jamais devant celles de l'homme commercial qui n'a de vrai parent que le billet de mille francs. Perdues de dédain et de désaveu, ces familles continueront pourtant de s'appauvrir car elles refusent de trinquer comme nous à l'imbécillité de ce pouvoir qu'elles méprisent et qui pourtant donne tant de pouvoir sur les imbéciles. Tout comme elles veulent continuer d'ignorer le secret cabalistique des nouvelles et magnifiques combinaisons : écrémer les revenus avant qu'ils n'existent ! Elles ont ainsi laissé le Prince de Cadignan profiter seul de la grande faillite

1. Entourage immédiat du Roi.

de1827 et elles voient sans réagir les fortunes terriennes se déprécier quand s'amassent celles de la Bourse, cette maltôte mirifique !

Mais quelle est la part de la morgue aveugle, quelle est celle de l'hypocrisie ? Ces familles aiment à claironner que le secret des grandes fortunes sans cause apparente est un crime proprement fait et oublié : jusqu'où doit remonter la mémoire ? Combien de nobles maisons venues à nous sans tache et sans compromission depuis les Francs ? Et combien de ces taches lavées au cours du temps ou dans les remous de l'histoire elle-même ? Combien de méfaits modernisés en hauts faits ? Combien de forfaitures enfouies sous le socle de nos statues ? Combien de jugements prononcés aujourd'hui dans la certitude de n'être pas soi-même assignable pour hier ? Si les gens qui possèdent des biens confisqués de quelque manière que ce soit, même par des manœuvres perfides, étaient après cent cinquante ans obligés à des restitutions, il se trouverait en France peu de propriétés légitimes. Bixiou a raison : la conscience est un de ces bâtons que chacun prend pour battre son voisin et dont il ne se sert jamais pour lui.

Quoi qu'il en soit, il est vrai que les familles du faubourg commandent encore l'accès au bon ton. Les jugements de la princesse de Blamont-Chauvry, de la duchesse d'Uxelles ou de la baronne de Macumer ; leurs acerbités mêmes, sont les tampons sur le livret mondain. Sans eux, on reste assigné. Avec, s'ouvre un chemin où chaque jour on vous tend charitablement une couronne d'épines. On voit malgré tout les plus hauts financiers amasser l'or pour paver à leurs rejetons la route d'un mariage avec une de ces familles.

Même si elles composent, jamais ces dernières ne renoncent à blesser. Elles griffent juste et comptent que chaque égratignure d'orgueil portera une profonde infection. Ainsi, chacun sait que Delphine de Nucingen laperait toute la boue de la rue saint Lazare à la rue de Grenelle pour entrer dans le salon de Madame de Beauséant : elle pourra prendre la loge d'Antoinette de Langeais en croyant se faire accepter, sa fille Augusta ne pourra jamais se marier avec le fils du duc d'Hérouville. *Sint ut sunt, aut non sint*[1] !

Mais si ce pouvoir peut cruellement blesser les cœurs, il ne peut toucher au-delà et depuis leur redoute mondaine, les familles du faubourg se trompent sur les parages et les manœuvres du nouveau règne. Il leur apparaît roturier et précaire. Il est vrai que l'on fait un gouvernement l'an et on déjoue un attentat le mois ; mais si la tête ballotte et peut sauter, il se renforce par le corps social. Chaque jour, la France censitaire s'enrichit et avec elle toute une population qui, dans

---

1. *Rien n'est à changer, sauf s'ils disparaissent.*

d'innombrables combinaisons, trouve son intérêt. L'intérêt est le ciment qui tient l'édifice. Jusque dans ses basses-œuvres les plus corrompues, car il repose sur le principe secret mais essentiel des complicités actuelles : plus un bénéfice est illégal plus un homme y tient. Maxime de Trailles prétend ironiquement qu'on devrait graver cette maxime sur le fronton de la Bourse comme on le fit jadis du *connais-toi-toi-même* au fronton de celui du temple de Delphes.

All is true[1]

« Ah ! Vous croyez à la réalité ; je ne vous aurais pas supposé si naïf ; allons donc, c'est nous qui faisons la réalité. »

Balzac[2]

On dira un jour de moi que je suis le moins possible des héros et l'on doutera de mes aventures pour cela même que Balzac les a retracées. Étrange paradoxe ! Il est vrai que nul n'a su, comme lui, allier la plus grande somme de vérités et la plus grande somme d'inventions. Ses récits sont bâtis avec des matériaux par trop enchevêtrés aux fantaisies de l'esprit pour savoir lesquels ont le plus de vérité. Ils m'ont d'ailleurs fait parfois douter de la mienne, tant leurs agencements peuvent mystifier. Tant aussi, ils déprécient, pour qui sait les lire, mes entreprises : je ne suis pas dupe. J'ai vécu sans jamais paraître m'émouvoir de ces sarcasmes cachés. Si je n'en ai rien dit jusqu'ici ; certains épisodes m'ont néanmoins rendu perplexe.

Ainsi de ma découverte émerveillée du boudoir de Paquita, *la fille aux yeux d'or*. Imagine-t-on l'effet qu'il a pu produire sur ma fièvre amoureuse ce salon semi-circulaire si richement matelassé ? Cette alcôve, ce lieu secret de passion et de reddition dont une moitié décrivait une ligne circulaire mollement gracieuse, s'opposant à une autre partie parfaitement carrée ? Avec au milieu une cheminée en marbre blanc et or. Avec, sur les murs tendus d'étoffe rouge, six bras en vermeil pour éclairer le divan ?

Par-delà mes aventures et mes triomphes, j'ai longtemps chéri sans mélange son souvenir. Jusqu'à ce que je découvre qu'en réalité ce salon était, détail pour détail, celui de Balzac à Chaillot. Et ma prouesse pour y entrer ? La garde si habilement trompée de la duègne et du féroce Christemio ? Faibles exploits en vérité si l'on considère que pour pénétrer chez Balzac, rue des Batailles, ses amis devront donner pas moins de trois mots de passe successifs à trois gardes différentes. Stratagème dont on ne sait s'il est destiné à jouer innocemment du mystère, à préve-

1 *Le Père Goriot ; introduction.*
2. *Balzac intime.*

nir les huissiers... ou à mystifier mes actions. Et ma conjuration pour renverser le parti-prêtre ? Ce plan si suréminemment tracé ? Sa sagacité si habilement détaillée à Paul de Manerville[1] ? Il explique ma stratégie politique autant qu'il la légitime. Il est aujourd'hui encore un objet de fierté. C'est pourtant à Monsieur de Chavoncourt[2]que l'on fait signer l'adresse des deux-cent-vingt-et-un qui conduira à la chute de Charles X et à notre arrivée au pouvoir : nulle mention, nulle part, de mon paraphe. On m'en déduit en marge. On me devine habile là où on le voit, lui, décisif ; et que ses pairs admirent son influente rectitude.

Comment croit-on que je doive lire ces épisodes ? Moi que l'on juge la tête la plus étonnante de *La comédie humaine* ; celle dans laquelle a été versée le plus d'intelligence ? On loue par devant mon *énorme figure* et, par le bord, on me fait dupe ou auxiliaire dans mes propres entreprises. On douterait de soi à moins. J'ai même failli renoncer à écrire ces mémoires de peur que les faits, revisités par Balzac, se tournent ultérieurement contre moi. Pourquoi mieux me traiter que le baron Laffitte, par exemple, dont les actions sont raillées deux ans après son ministère ? Chacun connaît les habiles compositions qui traversent, mais aussi commandent, mon existence : tantôt elles l'éclairent confusément ; tantôt décisivement quand elles sont prémonitions. N'allais-je pas, croyant m'expliquer, m'en faire l'otage ?

J'ai finalement conclu qu'il fallait m'y résoudre car c'est bien par elles que la réalité nous rejoint et nous insuffle la vie : nous personnages ; les faibles comme les forts.

Ainsi, le suicide de Lucien de Rubempré va susciter de célèbres chagrins qui vont, à leur tour, prouver *post mortem* son existence[3]. Funèbre paradoxe. Quant à moi ; d'audace et par don de pénétration, je vais entrer dans l'histoire véritable. Nous allons avec Balzac, lui la prévoir et moi la diriger. On pourra même dire que mes actions ont été tracées au futur. C'est exact. Par anticipation, elles me prouvent : ma méthode pour prendre le pouvoir commande aux futurs conjurés qui, à deux décades de là, vont rétablir l'Empire. Demain nul n'en doutera. Auguste de Morny va ourdir son fameux coup d'État à mon exemple[4]. Qui ne voit qu'il agit comme sur ma médiumnique instruction ? Que son plan a tenu dans mon esprit ; presque dans ma main ? Que son indifférence de joueur, au moment de l'exécution, emprunte à la mienne ? Son cynisme détaché, sa sûreté de main : c'est moi. L'escamotage du pouvoir comme on se joue ; l'appétit dédaigneux – et ironique à la fin – des

1. *Le contrat de mariage.*
2. *Albert Savarus.*
3. Oscar Wilde : *One of the greatest tragedies of my life is the death of Lucien.*
4. Charles-Auguste de Morny (1811-1865).

honneurs : moi encore. Ses actes ne font que suivre, en les développant, les miens. Je tiens le pantographe. On écrira ailleurs que je suis son horoscope[1]. Si l'on veut, mais alors un horoscope qui m'authentifie en se réalisant. Sans équivoque, car Balzac mourra avant le fameux coup d'État, me livrant comme preuve éclatante et posthume de son augure. Ce dernier ne sera pas unique.

Un autre exemple ? La carrière, d'aucuns diront la trajectoire, de Rastignac. Elle jalonne celle de Thiers (un drôle qui fait aussi sa place) autant qu'elle la devance ; de la misérable mansarde jusqu'au féroce et étroit triomphe. Rastignac et Thiers : qui, en dehors de Balzac et de moi, pour pénétrer aussi loin dans leurs esprits tenaces, calculateurs, rancuniers comme seul notre midi peut en produire ? Avec la même méthode : le pouvoir qui se prend à gestes froids, ramassés et durs. La même peur du peuple juste derrière soi. La même violence tapie sous l'orgueil et la cautèle... Plus d'un faiseur d'émeute aurait dû lire la vie de Rastignac comme je l'ai devinée : notre homme va tenir au sec la poudre et les plans de répression de son jumeau.

Ces prémonitions sont-elles tenues pour accidentelles par les esprits forts ? J'en témoigne : il n'en est rien. Elles procèdent d'un don de spécialité : l'invention et l'observation sont chez Balzac deux facultés inséparables et porteuses d'incroyables pénétrations comme d'incommensurables générations. Son esprit semble continûment lire, mais aussi créer, une chiromancie où les lignes du vrai et du faux, du présent et du futur, se croisent et s'accomplissent indistinctement. Et pas seulement sous les yeux du lecteur : ses amis, ses contemporains aussi en sont autant les témoins subjugués que les complices mystifiés. Quand Jules Sandeau, alors son secrétaire, apprend à Balzac que son père est à la mort, il s'entend répondre *très bien mon ami, mais revenons à la réalité et parlons d'Eugénie Grandet* ! Pauvre Sandeau ; s'il n'a pas compris, il n'a encore rien vu. Non, rien. Balzac lui offre, peu après, un magnifique cheval. Tout Paris en est abondamment renseigné ainsi que des formidables qualités du destrier. Fier équipage ! Aussi imaginaire qu'irréfutable puisque Balzac vient s'enquérir sans ciller de la monture auprès de son malheureux et putatif propriétaire. Qui continuera d'aller à pied.

Il est vrai aussi que cette imagination n'a pour égale qu'une minutieuse attention à nos sorts. Notre auteur peut ainsi interpeller ses amis pour leur annoncer avec soulagement et satisfaction que *Félix de Vandenesse va se marier avec une demoiselle de Grandville et que c'est un excellent mariage qu'il fait là*[2]. Sans nul doute ; et chacun reste coi. Je relève

1. *Balzac et son monde* ; Félicien Marceau (1913-2012) .
2. *Nouveaux essais de critique et d'histoire* ; Taine, cf. note n° 30.

moi, en passant, une constante bonté pour Félix de Vandenesse. Au fond, il aura été un peu malmené dans les bras de ma belle-mère Arabelle pour très vite avoir un sort enviable. Il est successivement Secrétaire du Roi et Maître des requêtes. Puis cet avantageux mariage : il faut bien saluer l'ascension ; même si son rocher n'en fait pas un aigle[1]. On devine une dette mystérieuse envers lui. Est-ce qu'ici l'histoire doit être lue par l'envers ? Cette bienveillance récompense-t-elle des souffrances cachées et dont seul il détient le remède ? L'amalgame d'invention et de réalité est-il ici appliqué comme un cautère sur des blessures pour nous invisibles parce que trop profondes ? J'ai renoncé, pour ma part, à les fouiller ; et pourtant je crois que c'est peut-être là la clé de ma prochaine disparition...

Revenons à ces passages depuis et vers le monde réel. Rouverts sans cesse, ils font passer une clarté dont le spectre unit et désunit constamment, comme le jour et la nuit, le vrai et le faux. Vivre aux côtés de Balzac, qui que l'on soit, c'est l'accepter. Ainsi, il peut enivrer ses invités de récits et d'alcools fabuleux, tous tirés au même alambic. Chaque bouteille a son étourdissante histoire relatée avec une éloquence, une verve, une conviction sans égale. On écoute et on se grise. Le vin de bordeaux a fait trois fois le tour du monde. Le Chateauneuf-du-Pape remonte à des époques fabuleuses. Le rhum provient d'un tonneau roulé plus d'un siècle par la mer qu'il a fallu entamer à coups de hache tant la croûte formée à l'entour par les coquillages, les madrépores et les varechs était épaisse. Plus d'un convive ne sait plus à la fin dans quel nectar ses lèvres sont trempées : le vin ou le rêve. Mais, déjà les commensaux sont abandonnés pour poursuivre un de ces mirifiques projets destinés à saisir la fortune. On est presque chaque fois à la toucher. Il faut faire vite : chez les grecs le dieu de la chance ne se présente-t-il pas cheveux tondus à l'arrière pour symboliser l'opportunité négligée qui ne se rattrape pas ? Toujours Balzac le rappelle (pour mieux oublier qu'il a dû, lui, se raser de côté ?). Alors tel jour, il faut réveiller un ami[2] et partir aux Indes sur le champ. On tient une bague jadis volée au grand Moghol. Si elle lui est rendue, c'est une montagne d'or et de diamants qui est promise. Perspectives aussi immenses que les steppes ouvertes devant les yeux hébétés du comparse. On projette le voyage, on prend des billets. Cela ne suffit pas à l'aventure : au fil des discussions Paul de Manerville (Paul ! le pauvre) et Jacques Colin[3] sont presqu'embarqués ! Mais ces steppes sont d'abord un mirage... Une autre fois, ce sont les mines d'argent de

1. Après son mariage, Félix de Vandenesse va vivre rue du Rocher avec Marie-Angélique de Grandville.
2. Laurent-Jan (1808-1877) ; peintre.
3. Une des identités de Vautrin.

Sicile ou de Sardaigne qui doivent être rouvertes. Il reste dans leurs flancs des scories de minerai qui valent une fortune. Il faut des fonds, mais ils seront remboursés au centuple. Une belle affaire qui attendait depuis l'Antiquité ! La fièvre fait ses calculs. Pendant plusieurs semaines on suit en esprit le transport des matériels et des hommes et, chemin retour, des lingots habilement fondus. Une évidence : il faut renforcer les planchers et fortifier la pièce qui les accueillera. On commande et on commente des devis.

Les associés semblent hésiter, se déprendre ? Qu'importe ! Déjà un autre projet s'annonce. Il n'y a qu'à imaginer des forêts entières abattues et flottées depuis la Russie jusqu'à Paris. Leurs convois ne réclament qu'un pilote et un acompte. On oublie les frontières, les crues, les écueils : les promoteurs s'arrachent déjà les grumes. Paris va s'étendre aux cris des charpentiers. On imagine même des éléments préfabriqués pour augmenter les profits. Où sont-ils ces convois ? Qu'importe encore ! Il y aura bientôt les vergers d'ananas. Ils doivent apporter des gains colossaux car le fruit est coûteusement à la mode. On a déjà griffonné les magnifiques réclames. Leur vente ? Les boiseries de la boutique, noires à filet d'or, sont soigneusement choisies. On cherche un pas-de-porte sur les boulevards. Pour leur culture, Balzac tient le terrain : sa propriété de Ville d'Avray, *Les Jardies* ! La forte pente du terrain ? On terrassera. L'humidité des bois de Fausse-Repose ? On bâtira des serres. Cela paraît bien aventuré ? Fi ! Ici encore, il faut suivre. Ou plutôt, il faut entrer.

Entrons donc aux *Jardies* (qui pourtant ressemblent tant au chalet de Louise de Chaulieu dont la porte est introuvable[1] !). À l'intérieur, l'imagination plante son décor. Sur les murs de chaque pièce, inscrits au charbon, les décors les plus somptueux : ici un revêtement en marbre de Paros ; ici un stylobate en bois de cèdre ; ici un plafond peint par Eugène Delacroix ; ici une cheminée de marbre cipolin ; ici un parquet-mosaïque formé de tous les bois rares des îles. On s'assoit sur une chaise en paille, mais c'est déclaré fauteuil en crin et soie. On s'adosse à du plâtre, mais il faut prendre garde aux fragiles lampas. On bute sur le sol de carreaux, mais le talon doit prendre garde aux émaux.

Les Jardies encore : depuis là, Balzac adresse des lettres exaltées à ses amis. Il fulmine quand la poste est trop lente. Les traîneries affaiblissent la force des missives. Lettres bien réelles, on peut en témoigner ; mais écrites loin ailleurs ou longtemps auparavant pour beaucoup ; et reprises pour certaines mot pour mot dans nos propres récits ! L'auteur proteste de la force comme de la véracité de ses sentiments ? Oui : ceux-là mêmes qu'il prend ou replace indifféremment chez nous. Ainsi Albert Savarus

---

1. *Mémoires de deux jeunes mariés.*

peut bien copier une lettre envoyée à Madame Hanska[1] puisqu'elle reçoit, en retour, un courrier qui sera pris à Francesca d'Aragailo[2] ! Missives écrites d'une encre que Balzac peut protester encore fraîche puisque souvent déjà froide ! Une encre dont la sympathie se révèle à la flamme ; une écriture dont le sens peut se lire en miroir…

Et puis ! Certaines de ces rêveries et forgeries emporteront un jour leur triomphe. Le fils de Madame de Berny, si chère à Balzac[3], ne fera-t-il pas fortune en reprenant, comme l'ont fait les frères Cointet, ses vues et entreprises sur l'imprimerie[4] ? Un italien n'entreprendra-t-il pas, à grand profit, l'exploitation des résidus de mines d'argent en Sicile ? Elle le fera même sénateur. Laffitte, sous les traits de Nucingen, n'en vient-il pas à emprunter ses millions moins à la Caisse des Dépôts qu'à l'imagination de l'auteur ? On ne sait plus au fond si Balzac est, comme certains l'ont écrit, un grand homme d'affaires inabouti ou bien un mystificateur complet ; et par là même plus grand encore. À la fin, il faut néanmoins se rendre ; pas à l'évidence, certes non ! Se rendre tout simplement : ses fictions sont aussi profondément colorées que les rêves. Plus : avec Balzac, l'imaginaire est toujours sur le point de se matérialiser, tel l'habit de Mabuse[5].

Ses amis semblent chaque fois l'accepter. Ils se laissent tour à tour cajoler, convaincre, transporter. Cent récits retracent ce prodige où, ne sachant plus le vrai et le faux, chacun s'installe de bon cœur dans ces rêveries. Ils acceptent même, sans vraiment ciller, les armes des Balzac d'Entragues avec les flamboyantes et véhémentes revendications de notre auteur. Quand, malgré tout, un fâcheux héraldiste lui conteste ces nobles ascendants, ils rient et s'associent à la fière réponse : *Eh bien ! Tant pis pour eux !* Et quand eux-mêmes parfois regimbent à tel ou tel récit, Balzac leur cite le mot magnifique de Talleyrand : *Tout arrive*[6] *!* Oui tout arrive et donc tout peut arriver. Préférablement pour Balzac : tout peut arriver et donc tout arrive. Ténébreuse effusion d'une vie dans une autre… Jusqu'à l'appel des commanditaires ou l'échéance des billets à ordre. Aussitôt, Balzac doit reprendre la plume, se renfoncer dans les imaginations à commande, les fictions de papier, dans les nuits de veille et parfois d'abattement. Pourtant, à certains moments, on le devinerait presque soulagé, heureux de cet ilotisme consenti. Cette vie qui s'asservit dans la liberté, qui rembourse une dette toujours creusée

1. *L'ambitieux par amour.*
2. *Courrier du 21 février 1834.*
3. Qu'il appelait sa *dilecta.*
4. *Les illusions perdues.*
5. *Le chef-d'œuvre inconnu.*
6. *Le contrat de mariage.*

comme un Sisyphe qui se hisserait jusqu'à l'Icare : là, devant ces abîmes, la plume de Balzac glisse et trace le contour du réel. Là, il peut à sa guise faire convoquer Poussin par Mabuse, Gondreville par Fouché et même Catherine de Médicis par Robespierre[1] !

Il n'existe plus alors qu'une seule règle : *All is true !*

1. *Les deux rêves.*

Sur les femmes

C'est un grand malheur de se faire aimer avant qu'on ait assez de raisons pour se faire craindre.
Madeleine de Scudery

Dans les moments que m'ont laissés mes combats et mes plaisirs, j'ai souvent ramentevoi mes aventures passées. Je me suis ainsi retrouvé certains soirs, redingote tombée telle une armure, dans ces moments réflexifs où on peut tirer sur son cigare dans une voluptueuse et secrète rêverie. Je remontais alors en esprit la grande allée des Tuileries sous un soleil de printemps, gagné par l'air de liberté et grisé de la mienne : je savais que je pouvais tout obtenir et surtout, fat que j'étais, toutes celles que je daignais désirer. Me promenant ainsi dans ma triomphante nonchalance, j'étais le premier de ces flâneurs, seuls gens réellement heureux à Paris. J'avais le cœur hardi, le pas pérégrin, l'esprit en appétit : flâner est la gastronomie de l'œil. J'avais aussi l'imagination toute en curiosité, la fantaisie aventureuse d'un jeune colonel de l'amour, décidé aux abandons les plus spirituels comme à ces caprices permis par une secrète et jésuitique oukase. Ceux qui m'ont connu à cette époque le savent : seul le jeune homme que j'étais pouvait avoir de ces conceptions à la fois cruelles et séraphiques.

J'ai, depuis lors, appris à les subjuguer ; comprenant que les désirs sont d'abord des faits entièrement accomplis dans notre volonté avant de l'être extérieurement. J'ai appris à les soumettre. Mais cet apprentissage seul n'aurait pas suffi à faire de moi l'homme que je suis en amour et en société. Mon esprit sensible est parvenu au bout de toutes les supériorités grâce aux pénétrantes conclusions d'un prêtre et à la perfide trahison d'une duchesse.

Le premier, l'abbé de Maronis, a toujours possédé cette finesse particulière aux gens qui ont vu beaucoup de choses. Ce prêtre là n'est certes pas un prêtre du temps des martyrs ! Il m'a enseigné des secrets qu'il n'aurait pas dû savoir pour la raison même qu'il les avait appris et il m'a fait passer le doigt sur les deux fils d'une même lame : l'instinct féminin et son double femelle. Cet instinct qui, pareil à l'acier de Damas, naît du froid et du chaud, du calcul et de la fièvre. Cet instinct qui désire et peut prendre son désir pour un sentiment, mais jamais ne le cède ni à la coquetterie ni à l'intérêt. Cet instinct qui brille sous l'orgueil et dont le tranchant s'aiguise au mensonge. Il est vrai que les femmes mentent admirablement en France. Nos mœurs leur apprennent si bien l'imposture ! Leur éducation est si prude et si fausse. Par les nécessités qu'elles croient et les calculs qu'elles veulent, elles sont tour à tour et ensemble mignardises et renardises. Le mensonge est pour elles le fond de la langue et, se mentant à soi-même, le fond du caractère.

Les femmes du faubourg tout particulièrement. Elles y ajoutent une sécheresse du cœur où l'on veut tout de l'amour moins ce qui peut l'attester et où l'on n'aime jamais autrui pour de bon. Les embrassades y couvrent une profonde indifférence et la politesse un mutuel et continuel mépris. Ces femmes savent suffisamment de sentiments si elles savent leur rôle. Elles possèdent alors cette froideur à allèchements et à chatteries qu'on appelle la séduction et que Talleyrand, véritable Roger Bacon de la nature sociale, appelle la diplomatie des mœurs. Oui, dans le monde, l'amour est toujours faussé par la loi sociale du calcul, de l'ambition. Avec, dessus, la griffe des usuriers : chez la femme du faubourg, la corruption n'est pas un effet, c'est une cause. La vie s'y affiche en un froid et dispendieux théâtre dont le guichet se décaisse au café Thémis[1] !

Et les salons eux-mêmes ! On y va pour cancaner de tête et se boucaner de cœur. Les manières y sont tout. L'esprit y étouffe le sentiment et la forme emporte le fond. Que dire aussi de leur infertilité, avec leurs créatures desséchées et épineuses ; leurs siliceuses fondrières ! Chacun y trouve autant qu'il y apporte : des amusements sans plaisir, de la gaieté sans joie, des fêtes sans jouissance, du délire sans volupté et partout la répugnance de chacun à faire le méchant commerce d'y échanger des pensées. Les femmes y sont blasées d'adoration, émues à la superficie, sans que l'émotion leur traverse le cœur. Seule la médisance peut leur tirer quelque intérêt ou quelque émoi. On les entend alors prononcer, en souriant ou derrière l'éventail, des choses très blessantes ; très *opportunément* morales même – et surtout – si cela peut anéantir leur victime : toutes savent qu'aucune institution ne peut prévenir le crime moral qui tue par un mot. Elles se dressent, se redressent et alors il n'y pas de marbre assez froid pour graver leurs cruelles maximes, ni de code assez dur pour recevoir leurs funestes décrets. Elles vivent ainsi dans un nuage doctrinaire, dans le mimétisme de leurs préconceptions et l'écheveau de leurs rivalités ; avec cet instinct grégaire qui l'emporte toujours sur l'esprit d'individualité et souvent sur celui de famille. Tout comme les

1. Lieu de rendez-vous des usuriers.

apparentements du milieu l'emportent souvent sur ceux du sang. Elles se développent ensemble dans ce monde où la politesse façonne de bonne heure les caractères, où l'abus des jouissances sociales tue les sentiments et développe l'égoïsme.

Et puis, il y a l'orgueil ! Il résume le milieu, le constitue en pensée et l'anime. N'est-ce pas la marquise d'Espard qui déclare *comment puis-je apprendre aux bourgeois que le sang de mes veines ne ressemble pas au leur* ? Il est dans les toilettes, les fleurs et les diamants ; il est dans les danses. Jusque dans les regards enivrés : ici l'amour, même s'il parvient à pénétrer le cœur, est greffé sur l'orgueil. C'est le nord de toute femme noble, son aimant ; bien avant son amant. Elle ne s'aventure jamais loin sans sa boussole et si son émotion peut s'égarer, elle ne se perd jamais, même dans les fièvres. Dans les salons, il est la loi commune de l'espèce. Tous les spécimens lui obéissent ; et toutes celles que j'ai connues. Supérieurement, le plus souvent, parce qu'elles y joignent une tête politique. Toutes ! Les duchesses de Langeais, de Maufrigneuse ou de Carigliano ; les marquises de Listomère et d'Espard ; les comtesses de Sérizy, de kergaroüet et Ferraud ; Lady Brandon ; Madame de Lanty…

Oui, la femme supérieure vit dans une fièvre de vanité et de perpétuelle jouissance qui l'étourdit, mais qu'elle compresse le soir des pensées froides d'un véritable Machiavel en jupon. Elle sait qu'elle doit être calculatrice pour n'être pas déchiffrée et de fer pour n'être pas ferrée. Qu'il lui faut se jouer du monde en lui dérobant le secret de ses affections ; dompter et ne jamais obéir ; imposer des émotions et n'en pas recevoir. Ses paroles les plus échevelées sont passées au peigne du calcul.

Dans cet exercice, les manières et les ruses sont tout et les hommes presque rien ; car la femme noble n'accepte les hommages privés que s'ils lui valent l'admiration publique et consent à jouer aux sentiments sous les seuls regards croisés de l'hypocrite bienséance et de la rivalité jalouse.

La femme du monde est une si fine comédienne ! L'amant est alors le constant programme de sa perfection personnelle ; mais malheur à lui s'il vient gripper les ressorts métalliques de cette machine à larmes, à manières, à évanouissements. Il sera transpercé net. Ma belle mère, Arabelle Dudley, bel exemple, n'a pas son pareil pour embrocher les cœurs.

J'ai résumé cela d'une autre façon avec mes compagnons : nos femmes sont des poêles à dessus de marbre sur lequel il faut se heurter bien durement la tête pour dissiper la poésie. Et ma tête fut assurément tôt et bien frappée par la duchesse Charlotte ; belle et perfide initiatrice ! Cette première lutte fut brûlante et cruelle, mais me laissa durci à tout jamais à son feu. C'était une grande dame ; déjà veuve, mais sans enfant. De six ans mon aînée, elle m'avait pris très jeune et très affectueux. Elle avait un œil bleu dont on aurait pu croire qu'il se laissait pénétrer à fond de cœur. De la plus belle eau. On se serait fait tuer pour obtenir un de ses regards et elle paraissait m'aimer. Elle s'enfermait pour marquer mon linge avec ses cheveux. Comment ne pas croire à la passion quand elle est garantie par des folies ! Il n'était rien en retour que je ne fisse pour elle. Je la guettais à toute heure, m'emparais en secret de ses babioles. J'allais même infuser les fleurs tombées de ses coiffes… Je l'entourais d'un luxe d'assiduités inouïes ! Elle était gaie et moi niais. Elle me cajolait pendant qu'elle me trompait. Mais elle fut parfaite de félicité dans les ébats et de duplicité après : même sachant à la fin de notre liaison que je n'étais pas sa dupe, elle joua parfaitement les divinations de l'amour. Du moins jusqu'aux derniers instants.

Sa couche fut ensemble carte du tendre et place de manœuvres. Elle fut aussi douce pour le corps aimé que dure pour l'âme aimante. C'est là, auprès d'elle, que j'ai appris que les femmes de notre faubourg veulent posséder sans être possédées et que la vie de salon est pour elles ce que la guerre est pour les hommes : le public ne voit que les vainqueurs !

Avec Charlotte j'ai appris qu'une femme tire sur le cordon[1] quand elle ne peut tirer sur la laisse. Pour achever son instruction, elle prononça à la fin des phrases acérées qui eussent cloué sur place un autre homme que moi. J'ai encore dans l'oreille les sifflements flûtés de l'orgueil en colère. J'ai écouté sans répondre. Déjà dans mes leçons, je me suis reconnu homme d'État. Mon esprit et mon cœur se sont formés là pour toujours et l'empire qu'alors j'ai su conquérir sur les mouvements irréfléchis qui nous font faire tant de sottises m'a donné ce beau sang froid que l'on me connaît. Si d'aucuns ont dit que j'étais un monstre, alors je suis devenu ce monstre de très bonne heure : j'avais compris qu'il faut transporter ses émotions dans la région des idées. Je n'ai alors plus eu besoin de suivre, comme Rastignac, la faculté du droit parisien ; ce cours dont on ne parle pas, quoiqu'il constitue une haute jurisprudence sociale qui bien apprise et bien pratiquée mène à tout. J'ai bu d'un trait le vinaigre des passions trompées et j'ai rédigé mes propres lois.

Leur préambule est qu'on gouverne les femmes par la crainte : dans ce mot est le mors de la bête. Détendre la main, c'est être mordu. Toutefois, il faut aussi pouvoir les flatter pour les soumettre tout à fait. Aussi, je tiens que tout homme supérieur doit avoir sur les femmes les opinions

1. Tirer sur le cordon : appeler les domestiques pour mettre fin à une entrevue.

de l'orient, mais qu'il doit les fondre avec les règles de la séduction parisienne : la certitude de pouvoir, une fierté de regard, une conscience léonine qui réalisent aux yeux des femmes le type de force dont elles rêvent toutes ! J'ai très tôt possédé cette force et cette conscience. Comme tout aussitôt, j'ai possédé la science du monde qui en est inséparable. On se trompe communément sur sa portée : l'amour, le bavardage, les dîners en ville, le bal, l'élégance de la mise, l'existence mondaine, la frivolité, comportent plus de grandeur que les hommes ne pensent. Prendre le pas sur le monde c'est d'abord ne pas s'y prendre les pieds.

La science du monde ! Elle est un précis de haute politique et de séduction. Être partout aimable, mais tout juger selon un froid barème moral ; écouter et répondre à propos (même à ceux qui en ont le moins !) ; garder un silence presqu'absolu sur soi-même et rendre les vanité bavardes ; concentrer ses politesses sur les femmes et savoir que si elles vous trouvent de l'esprit, les hommes le croiront ; avoir le langage précis et pourtant plein de mystère quand on veut vous circonvenir ; se rendre tour à tour doux comme du velours et inflexible comme l'acier constitue un programme qui prévient les esprits, s'empare des volontés, gagne les soutiens et vous assoit au banc des ministres. On en doute ? Plus tard, j'ai fait mon cabinet sur ces règles.

Alors, oui ! Il faut posséder l'art des salons. Tout comme il faut avoir mis en principes clairs les lois féminines qui les commandent, les plus cachées y sont aussi les plus dangereuses. Je l'ai dit : j'en ai écrit les pandectes.

L'homme doit d'abord savoir que les femmes entre elles ne sont jamais ni vraiment amies, ni définitivement ennemies. Au milieu de leurs plus babillantes chatteries, elles s'observent sans trêve et réunissent en secret les motifs et les armes de leurs futures querelles. Les confidences sont sollicitées dans la paix ? Dans toute la candeur de leur perfidie, aucune n'en oubliera la pointe si l'occasion se présente. Cette tournure d'esprit est encore plus manifeste quand deux amies se voient un poignard empoisonné dans la main : elles offrent alors le spectacle de l'harmonie qui ne se troublera pas avant que l'une d'elle n'ait lâché son arme par mégarde. Mais l'homme doit aussi conserver à l'esprit qu'il existera toujours entre elles un lien, comme entre tous les prêtres d'une même religion : elles se haïssent, mais elles se protègent. Celui qui ignore cette loi est perdu comme celui qui l'applique sans mot dire est assuré de n'être jamais dupe et presque toujours redouté. Ainsi armé, j'ai pu jouir du moment où l'on affiche au monde son pouvoir de se faire aimer et avoir tous les yeux fixés sur soi quand votre nom est prononcé. Combien de fois ai-je observé cette muette convoitise chez les rivales de celles que j'avais distinguées ?

Moi, je les observais comme Raphael à travers son lorgnon[1] : la femme de salon peut avoir l'esprit, mais jamais le courage de sa vanité. Combien de regards bientôt baissés sous le mien comme devant une idole ? Combien de lèvres entrouvertes, comme une pythonisse appelle son dieu ? Toutes étaient prêtes, sous la froideur affichée, aux plus tendres redditions. Toutes étaient prêtes à m'adorer sultanesquesment. Toutes étaient prêtes à suivre ma règle qu'il y a, en amour, celui qui commande et celles qui obéissent.

Par elles, c'est Paris qui se donnait. Posséder ces femmes, c'était voir leur orgueil s'affaiblir jusqu'aux soumissions les plus complaisantes et leur pouvoir, par l'occulte chimie du harem parisien, s'imposer avec plus d'intransigeance ou de rouerie chez elles. Oui ! Par elles, je gouvernais les foyers et les ministères ; car dans les moindres difficultés de la vie en France, vous sentez la main de la femme qui conseille, guide et éclaire son mari. Beaucoup d'hommes ne sont que les paravents d'ambitions féminines inconnues ou secrètement entremises. Ma domination a pu se lire au verso de bien des décisions publiques. J'étais alors au-dessus, mais pas très loin, du cynisme de Rastignac déclarant qu'une femme du monde est le diamant avec lequel un homme coupe toutes les vitres quand il n'a pas la clé d'or avec laquelle s'ouvre toutes les portes.

Pourtant, je n'ai jamais oublié que la traîtrise devant le mari ne fait pas la constance devant l'amant et que chacune de ces femmes peut tout à coup se dresser, sifflante : j'ai toujours conservé, derrière le masque du sultan, la vigilance du fakir, connaissant trop bien le brusque et étincelant regard de la vipère forcée dans son coin. C'est qu'en réalité, chacune avait accepté ma loi avec l'espoir de l'ennouer à son profit et s'était livrée dans l'alcôve avec ses plans ophidiens ; couvant la morsure sous l'espoir. Chez les plus téméraires, les ardeurs étaient vite dangereuses. Plus d'une fois, j'ai senti la dent sous la lèvre et la griffe rentrée sous la plus sublime caresse. Par précaution et par principe, j'infligeais préventivement des peines infamantes ; des blessures dures et afflictives. Pour autant, n'ai-je été qu'un monstre froid animé de ses seuls plaisirs ? C'est ainsi en tout cas que m'a peint Balzac, sans jamais expliquer mes cruautés. Et pour cause puisqu'elles ont d'abord tenu au consentement de celles qui n'ont été victimes que pour n'avoir pu saisir l'occasion d'aller elles-mêmes au sang.

Quoi qu'il en soit, une fois les plaisirs ou les intrigues passés, je dédaignais mes conquêtes sans plus un mot. Longtemps après, je pouvais lire, sur leurs visages ou dans un geste échappé, le courroux fiévreux et pourtant disponible, car les femmes du monde prennent leur remords

---

1. *La peau de chagrin.*

pour des absolutions. J'ai pu en reprendre certaines selon mon humeur ou mes plans ; mais toutes ont porté ma marque sans jamais pouvoir l'effacer. On pourrait procéder encore aujourd'hui avec chacune comme avec un bagnard : une claque sur l'épaule ferait ressortir mon fer.

Dans cette lutte assourdie par l'alcôve, toutes savaient aussi, malgré leurs prestiges et leurs atours, que je les considérais comme des bagatelles. De simples moyens à séduire, pour réduire par elles la société. Leur honneur, leurs sentiments ? Tarare, bagatelles et momeries. L'amour d'une femme était pour moi un tas de bêtises dans lequel on s'embarbouille ; surtout les plus éperdues, qui me livraient la religion pieds et poing liés. Je pouvais alors me rappeler l'excellence de l'avertissement formulé par l'abbé de Maronis : la femme ne cesse d'être un marchepied que pour vous faire chuter.

On sait que beaucoup se sont plaintes après coup de mes traitements : je serais un de ces hommes mesquins, superficiels, sans grandeur et sans délicatesse... Fait étrange, leur déshonneur invoqué est apparu bien après leurs plaisirs révoqués. Bien après, surtout, qu'elles m'aient toutes supplié de les prolonger. Car presque toutes ont aimé mes cruautés avec la même détermination qu'elles ont infligé les leurs aux malheureux qui n'avaient pas pénétré les manœuvres de ces protées pour eux insaisissables. Combien n'ont jamais compris que les femmes tiennent autant aux amants qu'on leur dispute que les hommes tiennent aux femmes qui sont désirées par plusieurs fats ? Combien, tel Montriveau[1] ou le jeune Eugène de Rastignac, sont arrivés impétueusement vers la femme désirée ? Combien se sont ouverts inconsidérément à elles ? Fatale probité : les femmes ne pardonnent pas plus à un sentiment de s'être montré tout entier qu'à un homme de ne pas avoir un sou à lui.

Pour le reste, je n'ai pas à taire mes commandements. Une femme doit être dominée ou c'est elle qui vous asservira. Elle veut ensemble un lion de l'Atlas peigné et parfumé comme les bichons de marquise. Maxime a raison ! Une maîtresse qu'on laisse s'emparer de son titre vous mènera par le bout d'une extrémité à toutes les autres !

Des exemples ? Les ruines du baron Hulot[2] et de Paul de Manerville parlent pour moi. Le baron a fini humilié, ridiculisé et ruiné par sa Marneffe[3]. Paul a dû s'exiler ; lui aussi proprement dépouillé par les Evangelista, femme et mère[4] ! Aveuglé d'amour, il s'est laissé envelopper, puis juridiquement emmailloter par le petit crocodile femelle et le Mascarille en jupon. Certes non ! Il n'a jamais eu cette témérité qui

1. *La duchesse de langeais.*
2 Hector Hulot d'Evry.
3. *La cousine Bette.*
4 *Le contrat de mariage.*

conseille de grands coups et attire l'attention à tout prix sur un jeune homme. Il s'est épris de la première femme qui le distinguait et que sa fortune distinguait. Il s'est échauffé et aveuglé malgré mon avertissement : les grandes passions sont rares comme des chefs-d'œuvre ; hors cet amour, il n'y a que des arrangements, méprisables comme tout ce qui est petit, estimables sous la seule loi du bon plaisir. Voilà qui explique sans doute le piège dans lequel il s'est jeté tête baissée. Il a choisi un mariage trompeur et, bientôt ruiné, la route des Indes, quand je lui offrais celle de la fortune et du pouvoir. Sa témérité à bien été ce *tu-n'iras-pas-plus-loin* social que j'avais prédit. Une niaiserie vraiment ; la plus sotte de toutes les immolations sociales.

Et l'on voudrait que j'oublie mes adages ? Que le bonheur d'un homme marié dépend des femmes qu'il n'a pas épousées ? Que la vie conjugale n'est rien sans ses délassements extérieurs ? Qu'il faut choisir une vie de garçon ou un mariage aristocratique ? Qu'est-ce que la vie quand une femme est toute la vie ? Une galère dont on n'a pas le commandement, qui obéit à une boussole folle et où l'homme est un vrai galérien. Qui se marie aujourd'hui ? Des agents de change obligés de payer leurs charges ; des commerçants dans l'intérêt de leur capital ; de malheureux rois qui continuent de malheureuses dynasties. Fameux exemples pour qui n'a pas le souci du grand livre[1] ni de l'album armorié ! Aujourd'hui, on ne fond l'alliance que quand on a éprouvé l'alliage trismégiste qui tient dans la formule : une dot, une situation, une soumission. Il faut en tarer au moins deux des trois pour tendre un beau jour son doigt ; et personne n'est assez riche pour faire la folie d'épouser une femme pour sa valeur personnelle. Moi, j'ai épousé Dinah Stevens, mécanique anglaise arrivée à son dernier point de perfectionnement ; avec son argent et son esprit étréci. Choix d'une supérieure prudence : s'il en existait une plus bête, je me mettrais en route pour l'aller chercher. Notre couple a ainsi tenu car elle possédait la paradoxale sagesse des esprits bornés. Nous nous sommes soutenus par et dans cette étroitesse ; elle d'esprit et moi d'attention : pas de sentiments et donc pas de dissentiments. *Sublata causa, tollitur effectus* ![2]

Il faut conquérir les avantages sociaux du mariage en gardant les privilèges du garçon car il y a, comme il y a toujours eu, les femmes comme il faut et les femmes comme il les faut. Celles-là enseignent les voluptueuses catilinaires qui sont la meilleure rhétorique du mari. C'est ainsi qu'il met sa logique autant que ses sens dans les plaisirs qui se prennent et en tire les apprentissages nécessaires et toujours repoussés

---

1. Où sont inscrites les rentes.
2. *Si la cause est supprimée, l'effet est supprimé.*

par l'épouse. Voilà pourquoi j'ai jadis acheté Coralie comme plus tard j'aurais pu acheter Florine, Euphrasie, Aquilina ou la torpille[1] ! Fi de la pauvre morale ! Les maîtresses sont la jeunesse des passions et la sagesse des sentiments. Certes elles sont coûteuses ! Je sais de quoi je parle. Charlotte, la Princesse Galathionne, Delphine[2] ont été mes folies. À cette dernière, j'ai jeté un tas d'or ; et c'est encore moins que Madame de Maufrigneuse qui a mangé 200 000 francs à ce pauvre Victurnien d'Escrignon en deux saisons. En vérité, les plaisirs payés sont encore les meilleurs marchés. J'ai donc pu continuer de vivre ma vie d'homme libre, mais aussi d'homme d'État.

On ne le rappellera jamais assez : en amour, le dévouement même est bien près de la spéculation et celle-ci de la faillite ! Il n'y a donc pas plus grand péril qu'un mariage d'inclination : moi, je l'appelle un mariage pisan tant ce qui le fonde en apparence sonde en réalité sa ruine. Comme l'esprit d'un architecte présomptueux, l'imagination des fiancés s'échafaude sur de faux repères et de faux appuis. À hauteur de sentiments, les obstacles que créent les lois, les espoirs et la défense naturelle de la femme engendrent de part et d'autre une mutualité de sensations qui trompent les gens superficiels sur leurs relations futures en état de mariage. Les premières sensations viennent à se dissiper que déjà la rédaction du contrat de mariage est la première escarmouche d'une longue guerre dont on ne sortira pas. Paul, ce nigaud, l'a perdue en trois jours ; mais même si les forces sont égales, les notaires, ces condottieres matrimoniaux, tirent leurs lames et retaillent la couche conjugale comme le lit de Procuste. Dans cette couche il faut être beaucoup plus fort que l'*homme-sopha*[3] car on y voit les deux sexes enchaînés comme des bêtes féroces dans les lois fatales sourdes et muettes. Chacun s'y tient bientôt avec les ressentiments de sa position et les armes à sa disposition. À la fin, on voit les époux se conjoindre dans la haine mutuelle.

Dans un procès secret dont les actes se rédigent nuit et jour, où il n'y a jamais de réconciliations sans feinte, la femme sait que sans ruse et sans cruauté elle n'est à proprement parler qu'une annexe de l'homme : une propriété acquise par contrat. Sa valeur est mobilière ; car la possession vaut titre. Alors, l'alcôve devient la revanche de l'étude et l'épouse ourdit sa liberté par mille et un complots aussi silencieux qu'invisibles. Elle programme chaque jour de pouvoir déposséder à son tour son déposseseur. Elle lui fait boire la cigüe à petits coups et à bas bruit. J'ai eu, plus d'une fois, froid dans le dos en écoutant la révélation d'une haine de jolie

1. Célèbres courtisanes.
2. Delphine de Nucingen.
3. Allusion au personnage de Crébillon fils.

femme. Elle sourit avec un secret de revanche au cœur ; elle n'absout jamais rien et ne se donne qu'avec l'obsession de se reprendre. C'est une lutte sourde dans laquelle le mari peut chaque soir observer, en guise d'avertissement, la femme fausse, éparse avec ses chiffons menteurs et ses cheveux vendus par le coiffeur. Ah ! L'admirable entente du métier de femme pour tromper le mari ! Il doit pouvoir deviner sur ses lèvres les plus terrifiantes invocations, car il est plus souvent qu'on ne le croit la victime d'un vaudou nuptial murmuré par ces monades en crinoline. Elles lui volent l'entendement et égarent ses sens. Elles font des liens par tous les fils de la ruse et puis, par une forgerie dont elles ont le secret, les battent d'un coup jusqu'aux chaînes : tel Œdipe, l'homme ne peut plus ni voir ni bouger. Mieux vaut alors souder à froid ces maillons destinés à nous emprisonner. C'est le moyen pour qu'ils tiennent sans se nouer un jour autour du cou comme je tiens que chacun des deux époux doit savoir que c'est l'homme qui tire le collier.

Sans doute est-ce cette attitude qui a fait dire que je suis un descendant des roués de la Régence et que j'aime les femmes parce que je les méprise. C'est à la fois vrai et faux : les femmes peuvent être grandes, mais seulement dans l'amitié. On tire alors tout le bénéfice de leur fidélité et de leur intelligence en tentacules, leur p*olyplokon noéma* célébrée par Homère.

J'ai ainsi occultement compté certaines comme mes plus sûres alliées. La vie de salon fut notre lieu de combat commun : le bleu et blanc des boudoirs fut notre bannière, digne du grand Gustav[1] . J'enrôlais mes bataillons d'amazones en tricorne contre les bonnets de nuits[2]. Au bout de quelques années de manœuvres et de conquêtes ostensibles, je triomphai.

---

1. Gustav III (1746-1792) ; les couleurs dominantes à cette époque des boudoirs sont aussi celles de la Suède.
2. Allusion à la lutte en Suède au XVIIIe siècle des *mössor* (bonnets de nuit) conservateurs et des *hottar* (tricornes) progressistes.

Face à la mort

Ni le soleil ni la mort ne peuvent se regarder en face.
Héraclite

Je vais bientôt m'éteindre. À Paris, cette ville qui défie toutes les intelligences et toutes les morales. Cette ville qui montre encore plus de visages qu'il n'y aura jamais de peintres pour les saisir. Cette ville ange et démon ; dont certaines sphères atteignent au séraphique, mais où l'on ne peut faire deux pas sans rencontrer une manigance infernale. Il semble bien d'ailleurs que ce soit l'une d'elles qui ait comploté ma fin. C'est pourquoi, par sûreté, je viens de quitter discrètement la rue Taitbout et de traverser la Seine. Je m'éloigne aussi de la rue de Miromesnil où on a si bien conspiré tous ces derniers temps contre mon gouvernement[1]. Ma nouvelle adresse est à présent un secret. Tout comme les traitements que je me fais administrer. Ici Hippocrate se soumet à Harpocrate.

Pour achever mes mémoires, j'alterne les lénitifs et les excitants modernes. Je sais que c'est folie de chercher tantôt le repos qui vivifie et tantôt l'énergie qui consume ; mais mourir par les toniques ou mourir par les narcotiques, qu'importe ! N'est-ce pas toujours la mort ? D'ailleurs, ma maladie a déjà fait son trou : avec mon retrait, les attaques s'augmentent d'impatiences ministérielles.

Mes ennemis ont encore déclaré ce matin dans la presse que la majorité ne tient que par ma science du monde, d'incessants calculs et la médiocrité d'un personnel moins en place que dans l'attente d'en obtenir une.

J'ai déjà répondu là-dessus ; sauf peut-être sur un point où je n'ai, me semble-t-il, pas été assez formulé : depuis deux mois que j'ai dû quitter la vie des salons ; celle-ci me manque. Son éclat, ses beautés, ses intrigues et ses jugements – même écourtés – ont toujours été pour moi la continuation et le complément de la vie publique. Elles en ont été l'expressive doctrine.

---

1. Dans un appartement où conjure la duchesse de Maufrigneuse devenue princesse de Cadignan.

Chez Arabelle Dudley, ni mon instinct ni mes quintes de toux ne m'ont averti que c'était mon dernier bal. Prévenu, j'aurais mieux observé tous ces visages, ces fleurs, ces lumières sur les blanches épaules, ces chevelures brillantes, ces yeux étincelants comme des onyx, ces perles tordues en nattes, ces aigrettes au-dessus de têtes orgueilleuses, ces cous accueillant tous les écrins vidés ; ces pieds tendus pour la danse et toutes les ressources de la toilette mises à contribution... Et j'aurais mieux médité, car les luttes qui se livrent là valent celles des chambres. Les mêmes règles y font foi : n'être jamais isolé, ou alors très craint ; ne rien devoir qui n'ait une contrepartie bien tranchante sur la tête du créditeur ; aller au sang quand on peut et par une main tierce toujours. Dans les affrontements, prendre directement exemple sur la femme du monde qui, quand elle reçoit un coup, plie, paraît écrasée et reprend sa forme dans un temps donné. Prendre aussi exemple, au moment des motions, sur l'homme de salon dont le propos paraît dire plus qu'il ne dit vraiment et dont le jugement regarde d'abord à qui est jugé et ensuite à n'être pas déjugé. Oui, j'ai beaucoup appris pendant qu'on me voyait apparemment m'amuser et je me suis beaucoup amusé de tout ce qu'on ne me voyait pas apprendre. J'accepte donc le jugement que j'ai gouverné la France sans autre chose que la science du monde et des moyens de parvenir : la première est très pénétrante en vérité et les seconds très avisés.

À présent, je laisse chacun m'imaginer dans un de ces Hôtels du faubourg Saint-Germain, entre une large cour et un jardin bien enclos ; ces espaces mis entre une classe et toute une capitale. Le flâneur sera passé lentement sous ces murs, le commis en trottinant ; le chef de division d'un pas sonore qui, à chaque coup de talon, fait entendre qu'il sort d'une illustre Maison après avoir rapporté sur des affaires de gouvernement. En réalité, beaucoup de ces Maisons se sont depuis longtemps retirées des avenues du pouvoir pour se renfermer sur de sèches consignations ; et les âmes qui y logent sont comme le marbre de leurs portes, très polies et très froides. C'est pourtant là que j'ai trouvé refuge par une entremise que je dois taire, comme jadis j'ai du taire mes complicités. Je suis alité dans une chambre blanc et or qui fait, à tout moment du jour, une gaîté nette autour de moi.

J'ai souvent Rastignac à mon chevet. Je peux l'observer à loisir. Il vient vêtu de noir, sans aucune décoration. Non par esprit anticipé de deuil ; non plus que par goût embourgeoisé comme je l'ai cru, mais parce que c'est à présent un subtil moyen de servir ses traits et sa nouvelle puissance : le temps n'est plus où je le désignais comme un drôle qui commence à percer. Son alliance avec Nucingen (*par la cuisse gauche* dit joliment Blondet[1]) a fait sa fortune et sa place. Certes, je connais ses limites. Souvent, il se répand et se pousse sans vergogne. On peut aisément le deviner paresseux comme un homard. Mais il est aussi opiniâtre et c'est un paresseux qui sait attendre. Il a l'art, lorsqu'il le faut, de se concentrer sur une bonne affaire et de l'emporter. Au bout, les succès sont là : la pairie pour lui ; un frère cadet nommé évêque à vingt-sept ans ; une sœur mariée à Martial de la Roche-Hugon[2]. Un tel succès fera modèle !

En chemin, Rastignac a vu de près toutes les faces, toutes les grimaces et tous les plaisirs de la comédie sociale : nous pouvons donc parler de tout librement. Nous célébrons sans hypocrisie nos succès solennels ; pour l'essentiel ceux de mes campagnes politiques : mes adroites manœuvres contre le parti-prêtre ; plus tard mes réactions déterminées contre la gauche républicaine pour lesquelles on dira que j'ai offert-là le portrait le plus noir et le plus effrayant qu'un révolutionnaire ne l'espérait. Avec injustice : si j'ai durement réprimé la foule des séditieux, j'ai aussi su reconnaître ses grands hommes. Ne sommes-nous pas, avec Rastignac, allés chercher sous nos propres balles le cadavre de Michel Chrestien au cloître Saint-Merri[3] ? Je ne suis pas non plus de ces hommes qui prennent l'effet pour la cause ; de ceux qui n'ont jamais mesuré l'excès des souffrances du peuple et accusent aujourd'hui l'excès de ses vengeances. J'ai vu les premières et me suis promis de prévenir les secondes pour tenir le pays à l'abri des soubresauts et de la canaillocratie. Sans faiblesse et sans aveuglement, je ne me suis jamais caché que le jour où un gouvernement a causé plus de malheurs individuels que de prospérité, son renversement ne tient qu'à un hasard. J'ai alors embrassé les dolences sociales de notre nation pour qu'en retour elles ne l'étranglent pas.

Voilà, je crois, qui justifiera demain le jugement de Blondet : je suis un homme d'État dont la portée est pour l'heure incompréhensible.

Je devine ici que certains vont sourire : Rastignac est homme à tout comprendre sauf l'incompréhensible. C'est exact ; mais ce qu'il comprend, il le comprend bien et s'en enseigne mieux encore. Il me le prouve chaque jour et ainsi, au fil de ses visites, nous pouvons évoquer sans fausse pudeur des sujets personnels. S'il y a du plaisir à se rappeler les dangers passés, n'y a-t-il pas aussi des délices à se souvenir des plaisirs évanouis ? N'est-ce pas en jouir deux fois ? Il me parle ainsi de sa garçonnière de la rue d'Artois, si amoureusement décorée par

---

1. Rastignac a épousé la fille de sa maîtresse, Delphine de Nucingen.
2. Auditeur au Conseil d'Éat, député, ambassadeur, enfin directeur au ministère de la Guerre.
3. Républicain tué le 6 juin 1832.

Delphine (je me garde de lui rappeler que ce fut sans doute, à l'époque, avec un peu de mon argent). Je revisite la mienne : les murs revêtus de soie, la chambre sourde au bruit des voitures, les rideaux ondoyants, les fourrures sous les pieds nus, les divans bas, le lit semblable à un secret qui se laisserait deviner. Surtout, des glaces dans lesquelles les formes se jouaient et qui répétaient à l'infini la femme que l'on aurait voulue multiple…

Nous évoquons aussi souvent ceux qui ont peuplé notre jeunesse : Nucingen et ses appétits tudesques ; la force naïve de Montriveau devant sa duchesse, puis sa cruauté fatale ; le mutisme fidèle et les secrets voyages de Ronquerolles ; les intrigues amollies et perfides des Vandenesse ; l'ensorcèlement de Daniel d'Arthez par la Cadignan ; Lucien de Rubempré, si beau garçon et si impressible ; Ajuda-Pinto[1], si riche et si lâche… Bien sûr, nous revenons toujours à Maxime de Trailles, le plus impudent et le plus imprudent d'entre tous. Ah ! Maxime. Nous savons qu'il va perdre avec moi le seul homme capable de le comprendre, de le servir et de se servir de lui. Il a été le témoin de mon temps de caprices et de plaisirs tout comme il est resté l'agent habile de mes ultimes entreprises. Sur lui, mes souvenirs abondent : nous avons enlevé des femmes, tué des hommes, monté de brèves et violentes équipées : nous chevauchions comme de modernes centaures, pouvions couper une balle à dix pas dans la lame d'un couteau. Maxime était sans vergogne, sans justice et sans faux-pas. Il l'est demeuré et c'est pour cela que je lui ai confié de ces menées secrètes pour lesquelles il faut une conscience battue par le marteau de la nécessité et une adresse qui ne recule devant aucune mesure. Il possède la première et surtout la seconde. Par elles, il s'est jusqu'à ce jour soutenu, prompt à saisir l'occasion dans la position précaire, mais supérieure, qu'occupe ce type d'hommes. Car Maxime est avant tout un joueur ; je l'ai dit, mais qu'importe ! Il joue comme il se joue de tout. Un jour, il s'y ruinera, ruinera sa maîtresse, le mari, les enfants… Il mangera leur dot et causera plus de ravages à travers les salons que n'en causerait une batterie d'obusiers dans un régiment. Et puis après ? À cet âge on ne se fait plus d'amis ni de situation. Je ne sais trop ce qu'il va devenir. Rastignac n'a jamais aimé Maxime dont la superbe l'a jadis humilié ; mais il m'a promis qu'il lui offrirait d'autres missions. Je lui fais ici confiance. Il les mettra au service des ses propres plans, pas en remerciement du passé. C'est mieux ainsi, car ce dernier n'est plus à nous et il n'est pas possible de le mettre à la place du présent.

Pour le présent, une seule certitude : je vais mourir. Rastignac peut bien développer devant moi des combinaisons ministérielles, je sais

1. Miguel de Ajunda Pinto, noble portugais.

qu'elles se feront sans moi. Au dehors, il prépare déjà ma succession ; en ville comme au gouvernement : ne fraie-t-il pas avec ce jeune Rusticoli[1] qui apparaît tout à coup l'année où je disparais et dont l'essor semble se nourrir de ma consomption ? Ne parle-t-on pas aussi d'une combinaison avec Thiers dont Rastignac est si proche qu'on les confond parfois tous les deux ? Je ne peux en vouloir à Eugène, nos vies se séparent. Je sens pourtant que nous nous rejoindrons plus tard et plus loin : de mystérieuses longitudes passent en moi qui, se projetant, me relient à un monde qui m'attend. Je sens aussi que je suis dans un moment où il me reste à écrire une ultime part de moi-même ; en rapprochant mon rébus de celui de Balzac (d'autres diront ma pièce découpée de la sienne). Est-ce la fièvre ? Il est enfin devant moi : alité et mourant lui-aussi. Et lui aussi s'apprêtant à livrer une œuvre et un cadavre indéchiffrables à cette société qui a méconnu la grandeur de sa vie.

Victor Hugo va décrire cette agonie, dans la chaleur d'août : la solitude extravagamment luxueuse de la Folie Beaujon[2] ; un corps devenu œdème et un visage si émacié qu'on renoncera à mouler le masque mortuaire. Seul restera de cette disparition un pastel d'Eugène Giraud. Ce qui frappe ? Les yeux de Balzac sont clos. Ces yeux qui, pour lui comme pour Lavater, résument et exaltent le caractère. Ces yeux par lesquels son imagination de pontife a passé, avec son don de double vue. Ces yeux fermés comme un dernier défi à ceux qui n'ont pas compris qu'ils ont été l'instrument d'incommensurables générations ; du monde qu'il a créé. Ces paupières closes qui traduisent l'orgueil révolvé du démiurge ; de celui qui a véritablement partagé avec Dieu la fatigue et le plaisir de coordonner des mondes. Le délire m'égare ? C'est Balzac qui lui-même, avant d'appeler Bianchon à son chevet, confie au docteur Nacquart *j'ai pu donner au monde que j'ai créé une vie éternelle. Au septième jour j'aspire au repos*. Un repos de souverain ! À jamais pleuré en silence par les milliers de personnages qui lui doivent la vie ; créations devenues créatures.

Mais Balzac meurt aussi le plus poétique d'entre nous. Aussi fort que moi dira-t-on ; mais aussi audacieux comme Rastignac et séduisant comme Lucien de Rubempré[3]. Et le plus ambitieux. Il a d'emblée voulu tous les pouvoirs ; de la plume ; de l'argent ; de la politique. Qui, parmi nous, pour déclarer sans ambages *je veux le pouvoir en France et je l'aurai*[4] ? Pas même moi, qui ai toujours mis mes défis derrière mes procédés.

---

1. Charles-Edouard Rusticoli ; comte de La Palferine.
2. Ancienne dépendance de l'hôtel de Beaujon ; à l'époque située au 14 Rue Fortunée.
3. *Salon de 1846* ; Baudelaire.
4. Lettre à Mme Hanska (mars 1836).

Il est vrai que toute sa vie Balzac a voulu triompher de la société ; la soumettre comme moi-même je l'ai soumise. Dès ses premiers projets, dépêchés pour atteindre à la renommée ; quand les gens célèbres étaient pour lui des dieux qui ne parlent pas, ne mangent pas comme les autres hommes. Il a d'abord impatiemment vécu pour voir tous les regards fixés sur lui quand son nom serait prononcé par un valet à la porte d'un salon. Il a voulu être célèbre et être aimé, alors ses deux seuls et immenses désirs[1]. Plus précisément, il a espéré gagner l'amour par la gloire ; et d'abord l'amour de sa mère. Rêve d'enfant sans enfance et de poète ! Au même âge, la marquise de Vordac et la duchesse Charlotte m'avaient déjà enseigné que le cœur de certaines femmes est une pierre que seul le silex – éclat, dureté – peut échauffer.

Mais qu'importe sa première naïveté, Balzac l'a abandonnée comme il a abandonné ses écrits sous alias : il a senti que quelque chose d'irrésistible l'entraînait vers la gloire et le pouvoir. Dès lors, dans des combats sans trêve ni sommeil, au prix d'un travail acharné, par conquêtes et acquêts romanesques, il s'est obtenu de plume et d'épée ses trente quartiers de noblesse *in octavo*[2]. Il a pris particule, canne et tilbury armoriés. Puis, s'endettant encore un peu plus, il a rejoint ces condottieres modernes dont l'encre vaut aujourd'hui la poudre à canon d'autrefois : il a eu son journal, persuadé que la presse est la force qui mène à tout. Ce tout n'était assez. Il a fini par proclamer que seuls trois hommes avaient eu une vie immense dans son temps : Napoléon, Cuvier et O'connell. Il s'est promis d'être le quatrième[3] (qui sait combien souvent je pense à ces noms)…

Quoi qu'il en soit, Balzac tiendra mieux que sa promesse : il se fera Bonaparte littéraire, un Bonaparte sans détrônement et sans Waterloo[4]. Aussi, moderne Ascagne, il composera, en moins de deux décades, la plus cohérente et la plus chatoyante des sociétés. Par ses travaux immenses, il aura érigé un ouvrage dont toutes les proportions initiales auront été dépassées à l'exécution[5]. Un monde dont toutes les phases, du haut en bas, les législations, les religions, les histoires, le temps présent, auront été analysés, observés[6].

Et pourtant un monde largement inachevé. Car ses œuvres, malgré les larges superpositions dont elles se sont accrues, ne forment que la

---

1. *Le chef-d'œuvre inconnu.*
2. *Le corsaire ;* 25 janvier 1839.
3. Lettre du 6 février 1844 à Mme Hanska.
4. Lettre de Barbey d'Aurevilly à Trébutien (15 mai 1854).
5. *Le cabinet des antiques ;* préface.
6. *Propos ;* mars 1830.

préface à ce que Balzac a voulu écrire[1] : il s'apprête à laisser pas moins de quarante-six romans inachevés. Quarante-six ! Comme autant d'exordes par où s'exerce sa faculté de faire comparaître en lui l'avenir ; cette puissance dont l'abus aurait pu, de son propre aveu, le mener à la folie. Comme autant de voûtes dont la clé peut manquer, mais dont l'imagination déduit un palais immense ; et plus immense encore, l'invisible pouvoir qu'il contient.

Ces romans en chantier répandent leurs ombres dans toute l'œuvre bâtie, l'animent mystérieusement et la portent à un horizon dont seul Balzac pénètre le point de fuite.

Balzac meurt solitaire parce qu'il ne peut en être autrement : c'est le destin des voyants. Il peut à présent fermer les yeux, son regard va s'imposer au monde. Il l'empreint comme il lui emprunte la vie. Et comme il la prend : à sa guise. Voilà pourquoi la mort m'emporte. Pour que sa réalité l'emporte. L'une et l'autre décomptées d'un temps à présent infini.

---

1 *Études philosophiques* ; introduction-*Balzac intime* ; Léon Gozlan.

Maximes de gouvernement d'Henri de Marsay

Recueillies par Émile Blondet

Se reconnaître homme d'État

Quand un dictionnaire peut faire le tour d'un homme d'État, celui-ci ne vaut rien.

Un grand politique doit être un scélérat abstrait, sans quoi les sociétés sont mal menées.

Le véritable homme d'État doit être indifférent aux passions vulgaires.

Les hommes vraiment forts forgent leur sceau, car la masse est une matière malléable sur laquelle ils doivent imprimer leur cachet.

Il faut penser sans détour sa supériorité.

L'homme d'État contemple un monde de plus que celui qui frappe les yeux des hommes ordinaires.

Qui se mésestime ne saurait vivre seul.

L'homme d'État sait le mieux, par la chaîne des inductions, remonter aux causes et, de-là, décider des moyens coefficients de l'action.

La puissance du calcul au milieu des complications de la vie est le sceau des grandes volontés.

Il faut avoir surmonté la révolte des circonstances pour être véritablement grand.

L'esprit supérieur n'est rien sans le caractère. Quand on a la lanterne de Diogène, on a aussi son bâton.

Une grande maîtrise de soi et des affaires passe souvent pour de l'égoïsme.

En toute chose, nous ne pouvons être jugés que par nos pairs.

Ne jamais se repentir : autrui, de toutes les façons, ne vous pardonnera jamais les actes qu'il n'a pas osé commettre.

Ce n'est pas parce que les choses sont difficiles que nous n'osons pas, c'est parce que nous n'osons pas qu'elles sont difficiles.

Tout pouvoir humain est un composé de patience et de temps. Les gens puissants veulent et veillent.

Qui veut dominer le monde doit commencer par lui obéir et le bien étudier.

Les hommes exceptionnels réalisent dans le particulier.

On se connaît à la fin soi-même non par l'observation, mais par l'action.

Tous les hommes d'action inclinent à la fatalité.

On devient homme d'État quand on troque la commodité du mensonge pour sa nécessité.

L'opinion commune est ignorante et injuste. Voilà pourquoi les procès d'intention entraînent les jugements les plus durs.

La religion nous tient le peuple et nous tient à lui.

L'ambition

Ne pas réussir est aujourd'hui un crime de lèse-majesté sociale.

Le courtisan et le mondain ne connaissent que le présent ; l'ambitieux ne conçoit que l'avenir.

Avoir une prétention et la justifier est l'impertinence de la force.

L'insuccès accuse toujours la puissance de nos prétentions.

Les choses passent pour ce qu'elles paraissent. Il faut avoir le génie de l'attitude.

Maxime de Trailles dit, avec raison, qu'on peut enjamber un cadavre si on ne s'y prend pas les pieds.

Avec la vie parlementaire, l'ambition accouche par le siège.

L'ambition est comme la mort, elle doit mettre la main sur tout ; elle sait que la vie la talonne.

Un homme de génie ou un intrigant seuls se disent : j'ai eu tort.

Pour atteindre aux hautes places, ce sont deux choses : il faut être aigle ou reptile. L'ambitieux ordinaire se rêve au faîte du pouvoir, tout en s'aplatissant dans la boue du servilisme.

En France chacun a voulu être un grand homme en littérature comme naguère chacun voulait être colonel.

Exercer le pouvoir

Le pouvoir est une conspiration permanente.

Il est plus sûr d'être craint que d'être aimé.

La puissance ne consiste pas à frapper fort et souvent, mais à frapper juste.

Qui laisse s'unir ses rivaux a perdu.

Dans une guerre à trois, il faut être l'un des deux.

La méfiance doit être incessamment écoutée.

La peur est mauvaise conseillère, mais bonne courtisane.

L'homme est doué de raison et d'arrière-pensée.

Le flatteur tente de vous acheter en vous louant.

L'homme supérieur se moque de ceux qui le complimentent et complimente quelquefois ceux dont il se moque au fond du cœur.

La reconnaissance est un mot d'imbécile, on le met dans le dictionnaire mais il n'est pas dans le cœur humain.

Toujours éliminer par les mains d'autrui.

L'ami se tient plus proche de l'ennemi que l'ennemi de l'ami. Voilà pourquoi il faut toujours se garder. Seul un pacte surnaturel, comme j'en ai conclu, peut contredire cette loi.

Il faut qu'une chose soit faite pour qu'on avoue y avoir pensé.

On déjoue beaucoup de choses en feignant de ne pas les voir.

Il faut laisser courir les opinions courantes.

Ce que la jalousie affame, la compromission le nourrit.

Ce que l'intérêt unit, l'intérêt peut le désunir.

La reconnaissance s'émousse en se frottant au pouvoir.

Tout protégé vous trahira un jour par reconnaissance.

Il faut toujours entourer les idées que l'on veut faire accepter par d'autres communément tenues pour bonnes.

De toutes les pratiques du monde, la louange est la plus habilement perfide. Les politiques en tout genre savent étouffer un talent, dès sa naissance, sous des couronnes profusément jetées dans son berceau.

Il faut prendre les hommes pour ce qu'ils sont et en user pour ce qu'ils donnent.

Les hommes sont des toupies, il ne s'agit que de trouver la ficelle qui s'enroule à leur torse.

Le but et le moment

Les gens qui veulent fortement quelque chose sont presque toujours servis par le hasard. Tout est là : reconnaître son but et le moment.

L'homme préparé au combat a vaincu à demi.

Il faut abandonner sans délai ceux qui s'abandonnent eux-mêmes.

Prendre le pouvoir, c'est aller en groupe et c'est aller vite, car alors personne ne peut, ni ne doit, se tourner le dos.

Le joueur supérieur lance ses dés l'esprit froid, le simple joueur persuadé que le hasard les a pipés.

Il ne faut toucher à son ennemi que pour lui abattre la tête.

La lame qui frappe doit tomber de haut et y élever aussitôt, car alors la gloire du crime en efface l'opprobre.

L'homme supérieur sait, quand les circonstances l'exigent, passer d'un bond du sentiment à l'action.

Dans la vie il ne faut pas parvenir, il faut survenir.

Il faut nuire à qui nous a nui une première fois, avec ou sans intention ; la créature de qui nous avons reçu dommage nous sera un jour funeste. Elle nous est envoyée par notre mauvais génie.

Les hommes peuvent être promptement et facilement jugés dès qu'ils consentent à venir sur le terrain des difficultés.

L'action

Il faut être ambitieux des deux mains : capable et capable de tout.

L'espérance est un mensonge appuyé sur l'avenir. Il faut agir.

Qui dit doute dit impuissance.

Les faits ne sont têtus que si on les brusque.

Même nos belles actions apparentes ont l'égoïsme pour principe.

Les Révolutions

Avant la Révolution tout était aspiration, après tout est devenu exigence.

Il y a quelque chose de plus ingrat qu'un Roi, c'est un peuple.

En Révolution, le premier de tous les principes est de diriger le mal qu'on ne saurait empêcher.

En France, ce qu'il y a de plus national est la vanité. La masse des vanités blessées y a donné soif d'égalité.

La France est un pays qui adore changer de gouvernement à condition que ce soit toujours le même.

Tout régime qui dure va au bout de sa pensée calcifiante. Il finit de figer son immobilité en statuaire ; mais c'est du carton-pierre.

Une aristocratie mésestimée est nulle avant de n'être rien.

Ce sont les dynasties chargées d'Histoire dont les branches craquent le plus fort.

Toute pensée *ultra* se résume à une poignée de verbes, refermée sur ses sujets.

Avoir l'esprit de conjuration n'est rien si l'on n'a pas aussi celui pour se gouverner après elle. Mille médiocrités, en se coulant dans l'événement, peuvent en annuler le cours.

Après ses poussées de fièvre, le peuple ne s'essuie pas avec du linge propre. Moi, en 1830, j'ai changé la toile de Gand…

Quand une révolte fait son chemin, elle tire après elle les imbéciles et les zélateurs : le boutiquier qui crie contre la Cour a ses courtisans.

Si l'on excuse les fautes du pouvoir ; on les condamne après son abdication.

Plus un homme vieillit, plus il reconnaît la prodigieuse influence des idées sur les événements.

La vie parlementaire

À la Chambre, la première règle est de choisir ses adversaires avant qu'eux ne le fassent. Les convictions suivent.

Les idées politiques sont des passades. C'est le pouvoir qu'on épouse.

Les intelligences de gouvernement se nouent pour se ficeler mutuellement.

Les alliances politiques s'accordent au déficit réciproque du doute.

Une combinaison parlementaire ne tient que si elle se fait corset.

Dans toute vie parlementaire, il faut jouer des querelles stériles : elles seules permettent qu'on en abuse.

Souvent, on est adversaire par crainte de se mépriser mutuellement.

L'esprit de parti vous prend sur gage et vous prête ses opinions à taux usuraire.

C'est du choc des caractères, et non de la lutte des idées que naissent les antipathies.

Toute loi électorale pose la quadrature de l'hémicycle.

Telle l'abeille, la mauvaise attaque ruine son dard et meurt bientôt d'elle-même.

Le scrutin de liste c'est l'embolie de l'action : d'abord la coalition ; puis la coagulation.

Tenir un ministère

Il faut consulter et décider seul : l'objet premier d'un conseil est de tirer d'embarras celui qui le donne.

Comme le meuble, la pensée de cabinet s'ouvre par tiroirs.

Chefs de division, directeurs : tous grands commis, car tous sachant se commettre grandement.

On a toujours tort de plaisanter avec les inférieurs ; la plaisanterie est un jeu et le jeu suppose l'égalité.

S'en souvenir toujours : un compliment est une conjonction de subornation.

Chez un collaborateur le zèle doit être tenu, d'une main ferme, pour la forme servile de l'intrigue.

Une nomination est toujours une lutte entre la raison qui commande et les raisons qui recommandent.

Être ministre aujourd'hui consiste moins à conduire les affaires qu'à éconduire ceux qui vous en proposent.

Un rapport d'administration pose ce que les bureaux veulent taire sur ce que le ministre doit continuer d'ignorer.

Notre administration ne fait rien qui ne soit d'abord pour lui soustraire de quoi s'augmenter.

L'antichambre ministérielle devrait posséder une porte à gonds inversés, comme toute sortie de services.

On tient les hommes par les honneurs et les obstacles qu'on leur oppose : ce que Lousteau appelle le « chemin de grand-croix ».

Moins regarder la Croix, que son ruban : de quelles relations est-il tissé ?

Il en est de l'opinion comme d'une maîtresse : ne jamais dire que ce qu'elle veut entendre.

Quand l'opinion veut s'aveugler d'un problème, il faut faire l'autruche gouvernementale : on met sa tête dans le sablier en attendant le ministère suivant.

L'honneur se monnaye en premier dans la course aux honneurs.

On ne suit certaines carrières, un Gondreville[1] par exemple, que par un mépris réglé sur l'admiration qu'inspire l'habileté qui les conduit.

---

1. Malin de Gondreville, qui a commencé une carrière sous Bonaparte et l'achève Pair de France.

Le ressort de la haine

La haine sans désir de vengeance est un grain tombé sur du granit.

Une haine avouée est impuissante.

La haine est un sentiment creux quand on n'en a pas les moyens.

La haine est un tonique : elle fait vivre, elle inspire la vengeance. La pitié, elle, tue car elle affaiblit encore notre faiblesse.

Il n'y a pas pouvoir plus fort que la haine quand elle se joint à l'humour.

Sur les femmes

Les femmes sont des poêles à dessus de marbre.

Les femmes les plus vertueuses ont quelque chose en elles qui n'est jamais chaste.

Marsay se rit des femmes qui déplorent les effets dont elles chérissent les causes.

La femme ment ; mensonge officieux, mensonge véniel, mensonge sublime, mensonge horrible : mais obligation de mentir.

Une femme admire pour l'idée qu'elle se donne d'elle-même et par amour de la crainte que vous puissiez lui inspirer. Qu'elle cesse et elle détruira votre réputation.

Il existe un lien secret entre toutes les femmes comme entre tous les prêtres d'une même religion. Elles se haïssent, mais elles se protègent.

La coquetterie d'une femme ne se rachète qu'à tempérament.

La beauté de la femme devrait être un avertissement : il lui faudra un jour puiser dans l'indulgence ce qu'elle a jadis épuisé dans les patiences.

Le billet d'une femme peut bien tout dire ; c'est d'abord une prière d'enserrer.

Deux mots d'une femme peuvent faire tuer trois hommes.

Une femme ne l'est pas toujours en amour, mais toujours en vengeance.

C'est dans les tissus de mensonges et de contradictions que l'on taille les frivolités qui affolent les femmes.

Toujours se souvenir du baron Hulot : il faut asservir ses maîtresses. Sans quoi elles vous conduisent par une extrémité à toutes les autres.

Le courage des Turcs s'explique par ce fait qu'un homme qui a plusieurs femmes est mieux disposé à braver la mort que celui qui n'en n'a qu'une.

Il faut mourir le cœur libre. Avec le temps, il ne vous reste que deux sortes de maîtresses : celles qui vous tiennent compagnie malgré vous et celles qui vous en tiennent rigueur.

L'amour qui s'appuie sur l'argent et sur la vanité forme la plus opiniâtre des passions.

Les femmes savent toujours bien expliquer leurs grandeurs ; c'est leurs petitesses qu'elles nous laissent à deviner.

Sur les hommes

Qui peut mettre la fin de sa vie en relation avec son commencement est le plus heureux des hommes.

L'amour-propre est un escroc qui ne manque jamais sa dupe.

Si le triomphe de la vanité est un des enivrants plaisirs des grands hommes, il est toute la vie des être bornés.

Il n'y a rien de plus terrible que la révolte d'un mouton.

La plupart des hommes, comme les animaux, s'effrait et se rassure avec des riens.

Comment expliquer la perpétuité de l'envie, un vice qui ne rapporte rien ?

Tout confessé espère s'être confié à un prêtre sourd.

L'audace peut tenir lieu de courage aux impétueux.

Les mœurs sont l'hypocrisie des nations.

Les gens sans esprit ressemblent aux mauvaises herbes qui se plaisent dans les bons terrains et aiment d'autant plus être amusés qu'ils s'ennuient eux-mêmes.

Les époques déteignent sur les hommes qui les traversent.

Le talent est chez les hommes, quant au moral, ce que la beauté est à la femme : une promesse

On récompense les gens méchants du mal qu'ils ne font pas.

Si les grandes idées ne peuvent entrer dans les petits esprits, le contraire n'est pas vrai.

La médisance fonctionne comme l'usure : elle ne s'estime jamais remboursée de ceux qui en font les frais.

La plupart des drames sont dans les idées que nous nous formons des choses.

En troussant les effets, on trouve le linge douteux des causes.

Un sous-entendu est l'envers d'un propos que l'on sait être à son endroit.

Une idée qui tombe sous le sens a souvent grand peine à s'en relever.

Les sots recueillent plus d'avantage de leur faiblesse que les gens d'esprit n'en obtiennent de leur force.

Un sot qui veut vous noyer vous poussera du pont-aux-ânes.

La médisance est un préjugé par contumace.

Certaines personnes ont si peu d'esprit qu'elles en abusent.

L'opinion courante a les jambes courtes et le souffle long.

Le silence est le bon génie des imbéciles.

Le caméléon se présente sous le jour le plus favorable.

Rien ne rapporte plus dans le commerce du monde que l'aumône de l'attention.

Le monde est un grand comédien ; et comme le comédien il reçoit et renvoie tout ; il ne conserve rien.

Il n'y a pas de vertu absolue, il n'y a que des circonstances.

Les hommes sont ainsi ; ils accordent aux âmes viles qui les flattent les facilités, les faveurs refusées à la supériorité qui les blesse quelle que soit la manière dont elle se révèle.

Les spéculations les plus sûres sont celles qui reposent sur la vanité, sur l'amour propre, l'envie, le paraître. Ces sentiments-là ne meurent jamais.

On reproche sévèrement à la vertu ses défauts, tandis qu'on est plein d'indulgence pour les qualités du vice.

Aucune considération n'arrête un homme qui s'est fait une habitude de sa passion.

Sur le mariage

Le bonheur d'un homme marié dépend des femmes qu'il n'a pas épousées.

Tout ménage a sa cour de cassation qui ne s'occupe jamais du fond et qui ne juge que la forme.

Quand un homme et une femme se tiennent, le diable seul sait celui qui tient l'autre.

Le mariage n'est qu'au bénéfice d'un seul : c'est sur les bans matrimoniaux que s'usent les fonds de caractères.

Le lit est tout le mariage.

Sur les salons

Les assassins de salon comme de grand-route aiment que leurs victimes se défendent : le combat semble alors justifier la mort.

Les femmes du grand monde ont un talent merveilleux pour amoindrir leurs torts en en plaisantant. Elles peuvent et savent tout effacer par un sourire, par une question qui joue la surprise.

La sottise mondaine est celle qu'on saisit en un instant et que l'on ne pénètre jamais.

Ce qu'il y a de plus respectable, ce sont nos croyances les plus futiles.

La société, plus marâtre que mère, adore les enfants qui flattent sa vanité

Sur l'argent

La soif de posséder s'éteint la dernière dans le cœur de l'homme.

Plus un bénéfice est illégal, plus l'homme y tient.

L'argent est le moyen le plus expédient d'honorer ses engagements moraux.

La bonne conscience bourgeoise s'appointe dans sa relation ancillaire à l'argent.

L'or est la seule puissance devant laquelle ce monde s'agenouille.

Les blessures d'amour-propre deviennent incurables quand l'oxyde d'argent y pénètre.

L'art, la science et l'argent forment le triangle social où s'inscrit l'écu du pouvoir.

Les écus, même tachés de sang ou de boue, ne trahissent rien et représentent tout.

À toute heure l'homme d'argent pèse les vivants ; l'homme des contrats pèse les morts ; l'homme de loi pèse les consciences.

Sur l'opinion, la presse et les journalistes

Le journalisme est une grande catapulte mise en mouvement par de petites haines.

Pour le journaliste, tout ce qui est probable est vrai.

Un journaliste, fut-il instruit, finit toujours par écrire et croire lui-même que le Capitole a été sauvé par les oies.

Le journalisme est l'autre terme de l'ambition ; mais un terme qui ne trouve jamais le sien.

La polémique est le piédestal des célébrités.

Un journal n'est pas fait pour éclairer, mais pour flatter les opinions.

Le journaliste s'enflamme toujours aux mots les plus séditieux. Inutile de le surveiller cependant. Il finit toujours par se résoudre à coucher sur le papier les idées qu'il n'a pu dresser dans la rue.

Un journal est un commerce et comme tous les commerces, il est sans foi ni loi.

Le journaliste est devenu un de ces condottieres modernes dont l'encre vaut aujourd'hui la poudre à canon d'autrefois.

Quand on connaît Paris, on ne croit rien de ce qui s'y dit et on ne dit rien de ce qui s'y fait.

Postface

Yves Gagneux

Qui est Henri de Marsay ? Hormis le baron de Nucingen, aucun personnage ne revient aussi fréquemment sous la plume de Balzac : vingt-sept romans le mentionnent, vingt-huit si l'on compte *Le Député d'Arcis* laissé inachevé. Il devrait être *a priori* facile de cerner la personnalité d'un héros presque omniprésent. Pourtant, si quelques lecteurs se découvrent des affinités avec Eugénie Grandet ou Lucien de Rubempré, si d'autres croient comprendre la personnalité de Vautrin ou celle de Gobseck, Henri de Marsay oppose à presque tous une grande opacité. La lecture rapide des livres dans lesquels il apparaît révèle un être sans nuances, un dandy dépourvu de sentiments, un homme d'action et de pouvoir, intelligent, brutal, cruel, sans scrupule, et dont la psychologie ne semble guère évoluer d'un ouvrage à l'autre. Mais Balzac est l'un de ces écrivains dont la pensée ne se révèle pleinement qu'à la relecture. En établissant le texte des carnets posthumes, François Nelidov restitue ce « dandy, condottiere et premier ministre » dans toute son étendue et permet – enfin – d'en saisir la nature profonde.

Balzac, observateur de la société, n'est pas homme de système et s'il crée d'inoubliables types d'ambitieux, d'avares, d'intrigants, ceux-ci bénéficient d'une individualité forte et de ressorts psychologiques très élaborés. Les héros de *La Comédie humaine* ne sont pas déterminés par une volonté démonstratrice et ils évoluent au contraire d'un roman à l'autre, d'écriture en réécriture. En effet, Balzac travaille sur épreuves d'imprimerie, imposant à ses éditeurs d'incessants jeux de correction entre le manuscrit et la première édition – dix-sept pour *César Birotteau*. Il reproduit ce processus à chaque réédition, au point que certaines pages sont reprises jusqu'à trente fois. Les retouches ne consistent pas seulement en améliorations stylistiques, elles apportent parfois de profondes modifications au récit aussi bien qu'aux personnages dont les noms, les dates de naissance, le caractère, peuvent alors évoluer spectaculairement. Ainsi, Balzac substitue Henri de Marsay dans *La Fille aux yeux d'or* à Henry de Gouges, qui lui-même avait remplacé Jacques puis Henry de Saint-Georges dans des versions antérieures. Dans *La Duchesse de Langeais*, Balzac lui accorde la place donnée dans un premier temps à MM. de Croixmare et de Genouilhac.

Avec un tel mode de travail, qu'il s'agisse de la correction des épreuves, de la réécriture des ouvrages antérieurs, ou de l'écriture des romans destinés à compléter l'œuvre, *La Comédie humaine* ressemble à un chantier gigantesque que seule pouvait arrêter la mort de l'écrivain, et que l'on compare souvent à une immense construction « plus vaste, littérairement, que la cathédrale de Bourges architecturalement. »[1] On sait que ce titre désigne non seulement le regroupement par Balzac de ses romans mais aussi l'ambitieux projet d'écrire « l'histoire oubliée par tant d'historiens, celle des mœurs », de proposer une classification des espèces sociales, comparable aux publications de Buffon ou de Cuvier sur les variétés animales et qui, comme elles, se présente en trois parties. Les études analytiques présentent ainsi les principes théoriques qui gèrent la vie sociale. Les études philosophiques étudient les causes des aléas de la vie sociale. Les études de mœurs regroupent enfin un ensemble de cas répartis en six « scènes », celles de la vie privée, de province, parisienne, de campagne, militaire et politique. *La Comédie humaine* devait compter près de 150 romans, selon un catalogue laissé par Balzac, dont une centaine seulement se trouvèrent écrits à la mort de l'écrivain.

Plus que beaucoup d'autres personnages, Henri de Marsay aura souffert de cet inachèvement. Sa place était en effet toute préparée dans les scènes de la vie politique mais, des huit romans prévus dans cette section, trois seulement ont été publiés, l'un n'est qu'à moitié écrit et quatre sont demeurés à l'état de projet. Ce héros est donc mort sans avoir pleinement vécu, Balzac laisse l'ébauche d'un personnage dont on mesure l'importance au nombre de ses apparitions : il a préparé un socle immense pour une statue jamais taillée.

De cette esquisse, les carnets posthumes écrits dans une langue aussi riche que précise dégagent toute la complexité : explique-t-elle le peu d'empressement de Balzac à entreprendre un roman dont on pressent désormais la difficulté ? Ces mémoires se présentent comme une suite de chapitres traitant chacun d'un thème. On y trouve successivement la jeunesse d'Henri de Marsay, son dandysme, son rapport aux femmes, son attitude face à la mort… Mais un sujet domine les autres et les englobe progressivement : l'ambition et l'action politique. De Marsay a été reconnu par ses contemporains comme le « seul homme d'État qu'ait

1. Lettre de Balzac à Zulma Carraud, Passy, janvier 1845.

eu la monarchie de juillet »[1]. Et ses mémoires démontrent à ceux qui en auraient douté qu'il possédait en effet l'envergure de ces grands hommes d'État qui ont façonné l'histoire de France. Lui se réfère à Mazarin ; on aimerait le comparer à Philippe Auguste, à Louis XI, à Richelieu, à Talleyrand ou au général de Gaulle. Serait-il parvenu à la hauteur de ces illustres exemples ? Mort prématurément, il lui aura manqué le temps nécessaire pour modifier le cours de l'histoire. Mais à l'instar de ces grands hommes d'État, il réunissait des capacités très rarement associées : l'ambition, la vision politique, l'effacement devant le bien du pays, la volonté et la puissance d'action. Ces qualités apparaissent avec éclat dans les maximes de gouvernement qu'Émile Blondet a fort judicieusement songé à recueillir. Dans cet étourdissant mélange de pragmatisme, d'ironie cinglante et d'extrême concision, le lecteur s'il y tient cherchera, très souvent en vain, des souvenirs de Machiavel, de Mazarin ou de Balzac : les plus sagaces découvriront de larges pans de la personnalité d'Henri de Marsay, et ils s'en féliciteront.

On pouvait déplorer que Balzac n'ait pas laissé aux responsables politiques à venir, sinon un modèle, au moins un exemple de grand homme d'État qui tende à l'universalité, qui donne matière à inspiration, à méditation, qui suscite des vocations. Même si de Marsay porte sur lui-même un regard différent de celui qu'aurait proposé son créateur, les carnets posthumes sont donc particulièrement précieux, qui viennent combler cette lacune. Il faut en remercier François Nelidov.

1. *Le Député d'Arcis.*

Table des chapitres

651859 - Mai 2016
Achevé d'imprimer par